Devenir son prop s
astuces à

Il y a quelque temps en France, les entrepreneurs composaient un groupe de personnes isolées. Mais bientôt, devenir entrepreneur pourrait devenir quelque chose de normal. Cependant, certaines règles doivent être respectées lorsque l'on veut devenir son propre patron et créer une entreprise pour gagner sa vie.

Vous devez vous montrer entreprenant pour aboutir

En devenant entrepreneur, donc indépendant, vous devenez le gérant de votre entreprise, celle que vous avez créée. Cette dernière, même si elle est de petite taille, engendre de nombreuses responsabilités.
Avec ce nouveau statut d'entrepreneur freelance, vous être tenu de gérer la chaine de valeur, l'aspect financier et l'aspect stratégique de la structure dans son ensemble. Votre activité sera impactée par vos décisions et vos actes. Votre priorité sera désormais de séduire votre clientèle

et de la conquérir. De plus, vous devrez lui donner une valeur ajoutée. Pour cela, vos recherches s'orienteront vers tous les moyens que vous avez à votre disposition. L'objectif est de proposer la bonne offre à votre clientèle, donc de répondre à sa demande, puis de l'élargir grâce à vos prospects.

Développez votre créativité et soyez prêt à changer

Le monde des freelances est un monde très concurrentiel. Vous devez faire face à plusieurs types de concurrents. Vous allez devoir apprendre à concurrencer petites et grandes entreprises, plusieurs sortes de patrons et bien sûr de nombreux autres entrepreneurs indépendants. Vous ne devez pas avoir peur de vous confronter à ce genre d'environnement.
Mais cet environnement peut être tourné à votre avantage. Il peut vous forcer à faire la différence par rapport à vos concurrents. Grâce à votre innovation au niveau des biens et/ou services que vous allez proposer à votre clientèle, vous allez pouvoir devancer les nombreux acteurs de ce marché concurrentiel. Cet aspect innovant pourra déjà faire les différences envers vos futurs

clients possibles : ces derniers verront dans vos nouvelles idées un dynamisme certain.

Ne restez pas seul, partagez vos expériences

L'isolement constitue la principale erreur à ne pas faire lorsque vous débutez. Cette option est certes plus accessible, mais elle ne s'inscrit pas dans une vision sur le long terme. En effet, comment allez-vous faire face lorsque les premiers problèmes, auxquels vous n'aurez peut-être même pas pensé, surviendront ?
Vous serez si nombreux dans le monde dans cette situation qu'il serait dommage de ne pas profiter de l'expérience de quelqu'un d'autre. Beaucoup de personnes sont en effet partantes
pour partager leur vécu. Il est facile de trouver ce genre de personne sur internet ou même grâce à des réunions. C'est le meilleur moyen de découvrir les astuces pour devenir un bon gérant.
Afin de ne pas tomber dans la solitude, il est important que vous fassiez profiter de votre expérience à vos camarades ou à l'occasion d'un comité d'accompagnement créé par vos soins.
Le portage salarial, les associations composées de dirigeants ou encore les pépinières de sociétés

constituent des méthodes très professionnelles et en pleine ascension. Elles vous offrent des astuces et une présence tout au long de votre projet.

Partagez votre vision

Lors de l'élaboration d'un projet, il est important de bien définir une **vision** des objectifs, de ce que vous voulez accomplir. Un entrepreneur se voit donc confier la direction d'une entreprise. En solo ou avec une équipe, il faut donc être maître des actions menées. Le projet doit être mené en ayant un **objectif**, un but clair et défini en avance. Cet objectif sera atteint grâce aux différentes étapes, ou objectifs à atteindre, que vous aurez fixés en avance. Vous devrez évidemment faire part de ces étapes aux personnes qui sont concernées par ce projet.

Il est très utile de prendre l'habitude d'utiliser des **outils** qui vous permettent de prendre la distance nécessaire pour la gestion de vos projets. Vous pouvez avoir accès à des tableaux de bord, des indicateurs, les SIG ou encore un **budget prévisionnel**. Ce dernier peut vous paraitre effrayant, mais l'aspect financier est un point déterminant pour vos projets. Il est donc conseillé de vous appuyer sur l'aide d'un **expert-**

comptable. Il constituera votre plus précieux partenaire pour vous qui êtes jeune entrepreneur et dirigeant. Le tout est de savoir sélectionner la bonne personne.

Gérez votre société

La **gestion** de votre société est le point le plus essentiel, quelle que soit la forme juridique de votre société. Vous devrez donc avoir à disposition des **indicateurs** facilitant votre suivi pour bien gérer votre entreprise. Ces indicateurs vous permettront de rentabiliser et de tranquilliser financièrement votre activité. Cette gestion vous permettra de rendre votre rentabilité et votre trésorerie suffisante. De plus, cela vous permettra :

D'anticiper si une difficulté survient
De fournir assez de finances concernant le développement de votre société pour atteindre ses objectifs
De libérer du **temps**, et donc de l'argent, au gérant. Il pourra focaliser son attention sur les

tâches capitales et essentielles, et de lui éviter par exemple de relancer sa clientèle.

D'être indépendant financièrement

De permettre à la société de gagner de la valeur

Conseil : Vous devez faire attention à votre **trésorerie** et utiliser les bons outils, comme le **plan de trésorerie**. Vous devez apprendre à vous entourer des bonnes personnes et les solliciter au bon moment.

Vous allez vous lancer dans une aventure enrichissante, mais vous allez avoir besoin de **soutien** en dehors de temps à autre. Vous pourrez donc vous appuyer sur votre **comptable** qui saura vous donner l'attention et les conseils nécessaires. Mais il peut aussi s'agir d'une personne spécialisée comme un **coach**, un **groupe de partage** pour gérant de société ou encore un **comité** d'accompagnement. Vous pourrez alors trouver du soutien parmi ses solutions et ne pas vous sentir seul et impuissant.

Mettez en œuvre

Votre chemin vers l'entrepreneuriat se verra semé de **décision**, tous les jours. Vous serez décisionnaire et vous allez devoir faire face au **risque** et aux **critiques**. Mais ne vous ne méprenez pas, ce n'est pas forcément une chose négative ou désagréable.

Vous allez donc devoir fixer vous-même le **cadre** au projet que vous aurez choisi de mener. C'est ce qui vous rend fondamentalement différent d'un **salarié**. Vous n'aurez personne pour vous pousser ou vous encourager dans vos accomplissements. C'est à vous et à vous seul de mettre en place le niveau d'exigence que vous désirez. Vous allez devoir prendre cette décision pour l'aspect **qualitatif** de votre travail, tarifaire et bien d'autres aspects. Et c'est également votre rôle de mettre en place le **suivi** et le contrôle de vos employés, mais aussi des personnes avec qui vous avez mis en place des **partenariats**.

Adaptez-vous

Il faut que vous preniez conscience que votre société, dans quelques années, pourra être complètement différente du dessein que vous avez en tête maintenant. Cette évolution est tout à fait normale. Votre société est un organisme vivant qui évolue dans un environnement spécifique et qui par conséquent, doit évoluer. Vous devrez donc vous montrer ouvert, curieux tout en conservant votre idée et votre stratégie en tête. Vous allez devoir apprendre à passer d'une vision sur du court terme à une vision sur du long terme.

Même si vous menez votre projet seul, vous devez lui donner une définition claire, apporter des modifications et le partager grâce à votre business plan et votre budget prévisionnel. Votre proposition sur ces aspects-là est très souvent oubliée, mais est souvent la base de la différence entre vous et vos concurrents. Vous possédez ainsi des repères, des buts à atteindre. Tout doit être pris en compte, des **horaires d'ouverture d'une enseigne** au recrutement.

Développez vos compétences

Vous allez désormais vous lancer dans le monde du commerce avec vos conditions, même si vous en avez déjà fait partie avec votre précédent métier. Votre principale difficulté résidera dans l'avancement rapide des technologies et même des changements au niveau de la structure dans le monde dans lequel vous allez évoluer. La cadence est plus compliquée à suivre au niveau des nouvelles façons de gérer votre projet.
Vous allez devoir porter votre attention sur des idées et façons de penser émergentes. Vous

pouvez pour cela suivre
quelques forums concernant la manière de gérer
un projet ou en assistant à des cours concernant
le leadership et la gestion. Plus vous serez à jour
au niveau des certifications et au niveau de votre
apprentissage, plus vous apparaitrez
professionnel et en accord avec votre temps,
précisément ce que les entreprises désirent pour
un chef de projet consultant.

Prenez du recul

Vous devrez comprendre que s'éloigner de son
rôle de freelance entreprenant est important
lorsqu'il s'agit des intérêts de la société
concernant son développement. Savoir déléguer
certaines tâches est essentiel. Vous déléguerez
certaines missions pour vous donner à 100 % à la
gestion de la société. Vous allez revêtir votre
costume de leader et aller apprendre
à manager votre équipe pour développer
correctement votre société. Votre expert-
comptable interviendra à ce niveau-là pour vous
faire profiter du recul et de l'expérience qu'il a
acquise grâce à ses autres clients, tout en
respectant le secret professionnel.

Soyez prêt pour l'entrepreneuriat

Il vous faudra choisir un statut juridique et un régime social : auto entrepreneur (micro entrepreneur), RSI… En marge de ça, il y a aussi énormément de paramètres qu'il faudra prendre en compte, en voici une courte liste.

Votre concept

L'idée que vous voulez mettre en place, cela fait un moment que vous l'avez en tête et que vous travaillez dessus. C'est normal, on ne peut pas devenir entrepreneur, c'est quelque chose avec lequel on nait. Monter son bar à sieste, proposer des pizzas sucrées, détrône Candy Crush avec son nouveau jeu… Vous avez votre idée, il ne vous reste plus qu'à connaître correctement votre marché.

Votre étude de marché

Votre concept bien élaboré et réfléchi, la prochaine étape est d'explorer le marché sur lequel vous voulez l'implanter. Votre produit et/ou service existe-t-il ? Vos consommateurs sont-ils prêts ? Qu'en est-il de la concurrence ? L'étape presque obligatoire est désormais l'étude de marché pour démarrer l'activité de votre société. Ne vous faites pas avoir par un surplus d'optimisme ou un manque de moyen lors de vos recherches. Vous devez rester pragmatique et garder les pieds sur terre. Cette étape vous permettra d'être confronté à la réalité de l'environnement dans lequel vous allez vous lancer. Ainsi vous pourrez mieux définir le modèle de votre business.

Votre business model

La question essentielle à vous poser ensuite est la suivante : comment comptez-vous faire pour faire du chiffre d'affaires ? Votre business model, où modèle économique, répondra à cette question. Il doit expliquer comment vous allez gagner de l'argent. Il résume plusieurs aspects essentiels.

Les ressources financières et humaines par exemple dont vous disposez pour atteindre vos buts.

Par exemple, il doit expliquer si le client s'abonne, c'est-à-dire qu'il paye régulièrement pour avoir accès à vos biens et/ou services ou
s'il paye une seule fois pour devenir propriétaire de ce que vous proposez.

Votre business plan

L'étape du business model terminée, c'est le business plan qui se voit mis en place. Plus difficile à mettre en place que le business model, le business plan nécessite beaucoup de préparation, mais est inévitable pour encourager les investisseurs à se joindre à votre concept. Vous pouvez aussi avoir recours à des plateformes de crowdfunding, telle que Hello crowd ! par exemple. N'hésitez pas à demander des conseils à votre conseiller bancaire, des coachs ou de vous rendre à des salons (exemple : Young Talent in action). Ne passez pas à côté des CEO et CFO !

Les questions que vous vous posez

Quelle forme juridique aller vous adopter ? Allez-vous choisir d'être une personne physique ou de choisir le statut d'entreprise ? Quel titre allez-vous choisir, indépendant ou complémentaire ? Vous lancez-vous en tant que société ou comme un indépendant dans un premier temps ?

Votre aventure va se caractériser par un ensemble de questions dont vous allez trouver les réponses. En créant votre société, vous devenez maître de votre destin. Mais il s'agit d'un long processus. N'oubliez pas d'aller voir chez Securex. Allez donc consulter des sites spécialisés tels que Bizcover pour créer et affiner votre concept, vos business model et business plan qui vous serviront dans le développement de votre propre entreprise.

Monter son entreprise et devenir patron n'est pas facile, mais cette liste, bien que non exhaustive, couvre déjà la majorité des points dont vous devez être au courant pour être serein au moment du lancement de votre entreprise, pour le faire dans le calme le plus total.

Comment devenir patron et rester zen ?

Créer une entreprise pour devenir patron nécessite de bien appréhender l'entrepreneuriat et notamment les questions de gestion d'emploi du temps, le choix du statut, etc. Apprenez comment créer votre propre entreprise et à le faire en restant zen !

La vie d'homme d'affaire ou d'auto entrepreneur est loin de l'imaginaire que se font les gens, en imaginant un patron loin des préoccupations du quotidien et du stress ou de la pression auxquels ils sont souvent confrontés. La majorité des chefs d'entreprise travaille de longues heures et a des objectifs de rendement souvent difficiles à atteindre avec une pression constante. Difficile avec tout cela de rester serein et de ne pas céder aux effets négatifs du stress, jusqu'à parfois atteindre le burn-out.

Il existe cependant des moyens que vous pouvez appliquer afin de minimiser ses effets et de devenir son propre patron en cultivant la zen-attitude.

Différents secteurs d'activités, mêmes causes de stress

Bien entendu, tous les chefs d'entreprise ne font pas face aux mêmes contrariétés et aux mêmes journées de travail. Cela varie grandement en fonction du secteur dans lequel vous exercez et le type d'entreprise que vous gérez. Néanmoins, il existe de nombreux points communs et de situations auxquelles les chefs d'entreprise sont confrontés. Il existe donc aussi de multiples moyens et astuces à appliquer afin de parvenir à gérer le stress du quotidien et de parvenir à gérer votre journée de la façon la plus sereine possible.

Pas tous égaux face au stress

Bien entendu, chaque personne réagit différemment au stress. Certaines personnes sont naturellement calmes et sereines face aux situations stressantes, d'autres sont bien plus anxieuses et vivent chaque difficulté en angoissant et en stressant. Vous n'aurez donc pas le même travail sur vous à faire, mais vous pouvez commencer à changer en appliquant ses conseils étape par étape.

Déterminez quand le stress vous paralyse

Il faut savoir faire la différence entre le stress dit positif et le stress négatif. Le stress positif vous aidera à vous surpasser lors des moments les plus critiques, lorsque vous nécessitez toute votre énergie et concentration. Cela vous permettra d'atteindre vos objectifs et d'être à 100 % de vos capacités. Il est donc essentiel et doit même être encouragé si cela peut vous aider à vous surpasser. Le stress négatif, quant à lui, vous fera perdre vos moyens et vous inhibera : c'est ce stress qu'il faut savoir reconnaitre pour pouvoir agir dessus.

Savoir s'organiser

La clef de la réussite dans votre quête d'une journée sans stress est l'organisation. Ce n'est un secret pour personne que les entrepreneurs qui réussissent et font réussir leur petite entreprise sont très bien organisés et ont une bonne gestion du temps. Ils savent trouver le juste milieu pour ne pas être en retard et ne pas être non plus trop en avance en sacrifiant des heures et des heures supplémentaires de travail. L'équilibre est le maître mot d'une bonne organisation, qui à son tour vous procurera une journée moins stressante.

Faites du temps votre allié

Le célèbre adage « le temps, c'est de l'argent » est sans doute le plus connu des chefs d'entreprise. L'organisation de votre temps est primordiale pour l'efficacité de votre travail et pour l'équilibre nécessaire à votre bien-être et sérénité, que vous soyez consultant freelance ou PDG d'une société. Afin de rentabiliser votre temps au maximum, il faut que vous sachiez où vous allez.

Soyez prévoyant et ayez une vision de votre travail sur le long terme. Vous prendrez ainsi la pleine mesure des tâches que vous avez à effectuer et ne serez jamais pris de court. Priorisez ainsi vos tâches non seulement par rapport à l'urgence, mais aussi par rapport à l'importance de celle-ci sur son entreprise : les directives du matin que vous donnez à votre équipe ne sont pas aussi urgentes que le mail à envoyer à un client, mais si vous ne donnez pas vos instructions à votre équipe, cela ralentit le rendement de toute l'entreprise et risque de la paralyser !

Vous devez aussi savoir choisir et déléguer les tâches que vos employés peuvent effectuer. Vous serez apte à faire le travail que vous seul pouvez effectuer et ainsi augmenter la qualité des tâches les plus cruciales et importantes de votre entreprise.

Une meilleure organisation vous permettra ainsi de mieux gérer votre temps et de ne pas être sous pression lorsque vous travaillez : vous n'aurez donc pas à prendre des décisions en état de stress, ce dernier étant souvent mauvais conseiller.

Après l'effort, le réconfort

Un autre point important est de savoir garder des moments de détentes et de loisirs afin d'évacuer la pression du travail. Sachez gérer votre temps libre et permettez-vous des moments de divertissements et la pratique d'un sport. Les chefs d'entreprise qui réussissent le mieux sont ceux qui ont une passion et qui savent occuper leur temps libre en pratiquant un sport ou un art. Ils sont ainsi plus efficaces lors des heures de travail, car ils ont su se relaxer lors de leur temps libre.

Essayez de faire coexister vos loisirs avec votre travail et faire d'une pierre deux coups. Vous pouvez, par exemple lors d'une réunion à l'étranger, visiter un peu la ville et vous accorder le temps d'une pause café ou d'un bon déjeuner de travail. Vous pouvez aussi retourner du travail en vélo ce qui vous permettra de faire une balade tout en faisait du sport : certains chefs d'entreprises ne rateraient pour rien au monde un footing du matin afin de s'aérer l'esprit avant une journée importante.

Ne négligez pas non plus l'alimentation équilibrée et saine. Un petit-déjeuner consistant comprenant une boisson chaude pour bien vous réhydrater, des céréales ou du pain pour vous donner l'énergie nécessaire et un jus de fruits riche en vitamine C afin de stimuler la mémoire vous permettront de commencer la journée en ayant fait le plein de nutriments.

Privilégiez un déjeuner contenant des légumes, du pain complet bien plus riche en fibres et minéraux que le pain blanc, ainsi qu'une viande maigre pauvre en graisse. Pour le diner, mangez léger afin de ne pas vous sentir lourd au moment de dormir, ce qui risque de diminuer la qualité de votre sommeil. N'oubliez pas de boire régulièrement durant la journée (jusqu'à 2 litres d'eau).

Organisez votre « Work-Life balance »

Il faut aussi savoir mettre une limite nette entre votre vie professionnelle et votre vie personnelle. Ne sacrifiez surtout pas le temps que vous accordez à votre famille au profit de votre travail. C'est une décision que vous regretterez surement et qui ne vous permettra que très rarement d'avancer efficacement sur votre travail.

Laissez le travail sur votre lieu de travail : au lieu de rentrer chez vous puis de voir ce que vous avez à faire pour le lendemain, restez une dizaine de minutes en plus afin d'organiser votre prochaine journée de travail.

Mettez votre téléphone sur silencieux lors des repas, et évitez de consulter vos emails (sauf urgence) les week-ends. Vous pourrez ainsi vous consacrer pleinement à votre famille et vous n'en serez que plus efficace au travail le moment venu.

Bien dormir pour mieux se réveiller

Autre élément d'une grande importance : le sommeil. Au-delà de la durée de vos nuits, c'est surtout la qualité du sommeil qui prévaut. Une nuit de qualité vous permettra d'attaquer une nouvelle journée pleine d'énergie et évitera les coups de mou en début d'après-midi. Dormez à heures fixes et gardez une routine avant d'aller au lit afin de vous mettre dans les meilleures conditions et d'éviter les insomnies d'endormissement.

Si votre nuit n'a pas été aussi réparatrice que prévu, vous pouvez faire une sieste après le repas. Dans l'idéal, le moment le plus opportun pour une sieste est entre 13 h et 15 h. Seules 20 minutes de sieste suffisent à considérablement améliorer vos capacités cognitives, votre concentration, votre mémorisation ainsi que votre temps de réaction. Vous serez donc plus apte à prendre de meilleures décisions en ayant vos pleines capacités intellectuelles.

Partez du bon pied

Le début de la journée est un moment crucial dans la vie d'un chef d'entreprise. Bien commencer sa journée est essentiel et donne souvent le ton de la journée à venir. Donnez-vous le temps de bien vous réveiller en douceur afin de ne pas vous lever du pied gauche. Faites
quelques étirements pour réveiller votre corps et prenez de profondes inspirations pour oxygéner au maximum votre cerveau.
Prenez aussi le temps de déguster votre petit-déjeuner au lieu de l'avaler machinalement et rapidement. Profitez du moment de la douche pour visualiser positivement votre journée. Vous pouvez aussi écouter une musique pour vous motiver et vous mettre de bonne humeur.
Si vous pouvez sortir 10 minutes en avance pour éviter les bouchons et se protéger des imprévus,

vous arriverez au travail de bonne humeur et, avec un peu de chance, en avance afin de montrer l'exemple à vos employés.
Aménagez aussi votre bureau de façon à vous sentir à l'aise au travail. Agrémentez-le de photos de famille, de toiles qui vous plaisent ou de plantes et fleurs afin de l'enjoliver. Vous pouvez aussi vaporiser une odeur qui vous plait : plus votre bureau sera agréable, plus vous vous sentirez à l'aise et serein en travaillant.

Pratiquez la méditation

Si malgré tous ces conseils vous vous sentez submergé par le stress, pratiquez une séance de méditation. Cela ne demande pas d'équipement particulier et peut se pratiquer assis sur votre chaise. Placez vos mains sur votre ventre et essayez de ressentir les mouvements de l'abdomen quand vous respirez. Répétez plusieurs cycles d'inspirations par le nez (5 secondes) et d'expirations par la bouche (5 secondes) en vous concentrant sur votre respiration abdominale. Vous pouvez aussi mettre un fond sonore comme une musique relaxante ou des sons naturels comme ceux de la pluie ou des vagues. Terminez cette séance en vous étirant afin de diminuer la contraction musculaire et remettez-vous au travail. N'oubliez pas de faire des pauses régulières : profitez de votre pause-déjeuner pour sortir du bureau, faites une petite marche pour vous dégourdir les jambes ou discutez avec vos employés lors de leurs pauses café. Vous pourrez ainsi aussi saisir l'ambiance de travail de vos employés.

Communiquez et sympathisez

Vos employés constituent un pilier essentiel de votre entreprise et leur humeur affectera indéniablement la vôtre. Prenez le temps de discuter de leurs craintes et de leurs attentes. Si un employé revient d'un congé maladie, prenez de ses nouvelles. Félicitez un employé fraichement parent.

Le rapport humain est d'une importance cruciale dans l'entreprise, surtout pour les petites et moyennes entreprises. Si une bonne ambiance de travail est au rendez-vous, vos employés seront plus productifs et de bonne humeur : rien de mieux pour garder la sérénité au sein de l'entreprise.

Ne demandez pas à vos employés d'être irréprochable et de rendre un travail parfait. Apprenez à accepter des excuses d'un employé ayant mal agi.

Soyez souriant quand vous le pouvez. Cela donnera l'image d'un chef d'entreprise confiant, agréable et avec qui l'on peut créer une relation de respect mutuel. Qui plus est, le sourire étant communicatif, vos employés seront souriants aussi et de bonne humeur.

Si, par malheur, un employé ou un supérieur vient vous voir et déverse sur vous sa mauvaise humeur, restez calme, ne répondez pas impulsivement et essayez de le calmer afin d'avoir une discussion constructive.

Prenez des vacances

Prenez aussi des vacances (si vous le pouvez) après un projet réussi ou une période de travail importante. Un week-end prolongé est une occasion à ne pas rater pour passer du temps avec votre famille et de vous échapper de votre routine. Cela vous permettra aussi une introspection afin de savoir ce que vous avez réussi et ce que vous avez raté lors de ce projet. Vous pourrez prendre du recul sur votre travail et être le plus objectif possible afin d'en juger les résultats. Vous démarrerez ainsi la semaine suivante délesté de tout le stress accumulé, prêt à démarrer de nouveaux projets. Le chef d'entreprise est la pièce maîtresse et la tête pensante de celle-ci. Votre personnalité et votre attitude auront un impact important sur les résultats de votre boite. Si vous mettez en pratique tous ces conseils, cela vous permettra d'insuffler votre sérénité à toute votre équipe, qui bénéficiera ainsi d'un patron moins stressé et bien plus compréhensif. Devenir patron n'est pas chose aisée !

Comment virer votre patron ?

Comment est-ce que ça s'est passé ? Et est-ce que j'ai dit merde à mon patron, qui me prenait vraiment pour un con, et qui tout simplement me prenait pour un esclave, pour un pigeon, pour quelqu'un qui allait tout le temps se rabaisser. Très simplement, j'ai fait une licence webmarketing en alternance, en gros je travaillais 3 jours dans une entreprise et 2 jours à l'école. Ce qui s'est passé, c'est que mon employeuse savait que je savais créer des blogs, qu'est-ce qu'elle a fait ? Elle s'est servie de ça pour me demander de créer des blogs en journée.
Elle récupérait le blog ensuite, et elle le vendait à ce que l'on appelle des communautés de communes, ce sont en fait des groupes mobiles qui vont mettre en avant leur petit commerce et elle le revendait, à ce type d'organisation, entre 2000 à 3000 euros.
Moi le jour où je l'ai appris, j'ai trouvé ça vraiment trop abusé donc je lui ai dit : » moi j'aimerais

qu'on arrête de travailler ensemble, parce que je trouve ça vraiment abusé ce que tu fais, et je ne trouve pas ça éthique, par rapport au travail que je peux faire en une journée, je ne pense pas que ça vaut 3000 ou 4000 euros, hors taxe en plus « . Et donc, ce qui s'est passé, c'est que mon employeuse m'a dit : » bah attend, tu es donc en train de dire que c'est du vol » donc moi j'ai dit : « bah houai, clairement je trouve que c'est du vol. Vendre un blog qui se crée vraiment rapidement. Houai, je trouve que c'est du vol ».
D'ailleurs si vous voulez savoir comment créer un blog rapidement, il y a un lien dans la description de la vidéo, vous allez voir, je vous montre en moins de 5 minutes, et gratuitement, comment créer un blog qui rapporte, comment créer un blog avec OVH tout simplement en 5 minutes.
Donc pour ce type de trucs là, mon employeuse revendait ce que je savais faire, le revendait à des communautés de communes entre 2000 et 3000 euros hors taxes, j'ai trouvé ça vraiment abusé et donc je lui ai dit : » écoutes, j'aimerais qu'on arrête de travailler ensemble, parce que je trouve que c'est du vol » et du coup elle m'a dit : » je vais te virer etc., tu vas voir t'auras plus de boulot etc. » comme si j'étais complètement flippé de perdre mon boulot, et je lui ai dit : » c'est ce que je te demande, j'aimerais vraiment quitter le job, du coup, vire moi tant mieux, de toute façon

j'allais mettre fin au contrat » donc elle m'a dit : »
ah mais non, en fin de compte… » Enfin elle
n'était pas sûre mais c'est normal, je lui rapportais
pas mal d'argent, et j'étais un peu sa poule aux
œufs d'or.

Mais je lui ai dit : » C'est fini, j'arrête de faire ça,
puisque j'ai appris ce que tu faisais, donc du coup
on va s'arrêter là «. Qu'est-ce qu'il s'est passé ?
Très simplement, ce qu'il s'est passé, c'est qu'on
a fait ce qu'on appelle un commun accord, et si en
ce moment vous vous sentez bloqué avec votre
patron, et que vous vous dites : » Houai, attends,
moi je ne peux pas créer mon blog, je ne peux pas
créer mon business qui rapporte, je ne peux pas
créer ma chaîne YouTube, je ne peux pas créer
mon business pour devenir indépendant »

Parce que, peut-être que vous avez un job à 35 ou
37 heures par semaine, et que vous êtes
dépendant de ce job-là, pour vivre, pour manger,
peut-être que vous avez des trucs à payer comme
la maison, la nourriture, vous avez des enfants
etc.

Si en ce moment vous vous dites : » non mais
attends, je n'ai pas de temps dégagé pour faire ce
que je veux » très simplement, je vais vous dire un
truc. Pour ma part entre mon employeuse et moi,
on a fait un commun accord, donc en gros, on
s'est serré la main, on a signé un papier, on a dit »
voilà, on arrête, on est tous les deux d'accord pour

arrêter » et qu'est-ce qu'il s'est passé ? Et bah ce qui s'est passé, c'est que j'ai pu obtenir, je ne sais pas comment on appelle ça, je crois que c'est le chômage où je ne sais pas quoi, donc en gros vous touchez le chômage et vous allez dire à votre patron : » Ok maintenant, on arrête de bosser ensemble » et vous allez pouvoir toucher le chômage.

Comment proposer à votre patron un commun accord ?

Moi ce que je vous invite à faire c'est de lui dire: « bah écoute voilà, moi aujourd'hui je n'ai pas envie de quitter l' entreprise parce que ça me rapporte de l'argent, mais maintenant, à l'heure d'aujourd'hui, ça ne me plaît plus, donc que ce soit pour toi ou pour moi, ça n'a aucun intérêt qu'on continue de travailler ensemble, donc autant avancer, autant passer à la vitesse supérieure, avancer vers nos projets respectifs et nos objectifs respectifs,

donc pourquoi ne pas faire un commun accord ? Parce que de toute façon, je ne fournirais pas le travail à la hauteur de ce que tu me demandes, tout simplement parce que je suis concentré sur autre chose. Peut-être qu'en ce moment vous vous dites : » bah voilà, je vais créer mon blog qui rapporte, je vais créer mon business « , moi ce que je vous conseille, c'est d'au moins dégager 6 mois, histoire de bien vous lancer, et si vous travaillez 6 mois à temps plein sur votre blog, c'est sûr que vous allez gagner au moins 1000€ par mois, c'est sûr et certain.

Vous pouvez peut-être même gagner plus mais bon, 6 mois, si vous travaillez à temps plein dessus c'est largement possible. Moi j'ai travaillé pendant un an et 4 mois sur mes blogs, à hauteur de 3 heures par semaine, entre 3 heures et 6 heures par semaine. C'est-à-dire que quand j'avais un job de 35 heures par semaine, le matin, je collais ma petite caméra au pare-brise, puis hop sur la route, puis à midi je dictais les articles avec une application sur mon portable, et ensuite je rentrais chez moi, je mettais la vidéo sur YouTube et je mettais l'article sur le blog, voilà c'est ce que j'appelle du boulot.

Et ça me prenait je dirais 15 minutes ou 30 minutes, ce n'était vraiment pas compliqué, et

c'est ça qui m'a permis de gagner mon indépendance financière progressivement, tout en ayant un job à 35-37 heures par semaine.
Et si maintenant vous vous dites : » Je me sens bloqué, les mains liées, j'ai un job parce que je dois payer des trucs » je vous invite à faire ce que l'on appelle un commun accord, et c'est beaucoup plus facile à demander, que de vous faire virer, parce que si vous quittez votre job juste comme ça, si vous dites : » C'est bon, chao bye-bye » vous n'aurez pas votre chômage, et on a beau avoir plein de points négatifs en France, il y a un point très négatif, c'est que lorsqu'on est dans une période de chômage on a deux choix, soit on demande du temps pour créer son entreprise, donc du coup on ne se fait pas embêter par ce pôle emploi, parce qu'on ne va pas essayer de vous harceler tout le temps à vous dire : » voilà, il faut que tu ailles à tel entretien, tel entretien, tel entretien... ».

Parce qu'ils vont savoir que vous êtes en train de créer votre entreprise.
J'ai eu 5 mois de chômage, sauf que j'ai bénéficié uniquement d'un seul, parce que j'ai écouté les conseils de mon papa qui était un peu frileux et qui m'a dit : » écoute Théo, je pense que ce serait mieux que tu retrouves un job, tu pourras toujours continuer tes blogs à côté » et donc j'ai suivi les

conseils de mon père et j'ai fait ça, et j'ai développé mes blogs à côté tout simplement, voilà.

Écoutez cette vidéo est terminé, il n'y a pas besoin d'en dire plus. Encore une fois, réfléchissez à comment mettre fin tranquillement avec un commun accord, vous allez bénéficier d'une période pour créer votre entreprise sur internet. Une fois que vous serez prêts, vous pourrez cliquer sur le lien qui apparaît juste ici et je vous enverrais plus d'une heure de formation offerte, pour créer votre blog qui rapporte, et donc dès maintenant, vous pourrez le faire puisque vous allez pouvoir créer votre entreprise progressivement tout en ayant votre job actuel. Je vous dis à bientôt, passez une excellente journée, chao.

6 raisons pour lesquelles vous devez devenir votre propre boss

Au cours d'un diner très animé en famille, comme seuls les enfants en ont le secret, ma fille de 6 ans m'a soudainement demandé (alors que nous étions en train de débattre des supers pouvoirs de Spiderman versus Batman) pourquoi est-ce que j'avais décidé de travailler à la maison (et être mon propre boss) plutôt que dans une grande tour comme papa…

Passé la surprise et la nécessité de trouver une réponse pertinente et compréhensible (j'ai une réputation à tenir ☐), j'ai poursuivi la réflexion lorsque tout mon petit monde a été couché. Mes motivations sont nombreuses mais si je devais en choisir 6... Alors voici les miennes, j'espère qu'elles vous aideront si vous hésitez encore à franchir le pas de l'entrepreneuriat !

1. La flexibilité

En devenant entrepreneure, solo-entrepreneure, indépendante ou freelance on reprend tout à coup le contrôle de son temps : un luxe que tout le monde nous envie !

Cela ne veut pas dire travailler moins, mais plutôt travailler en accord avec ses autres priorités. Vous êtes actives mais aussi peut-être maman, épouse, sœur, amie... En décidant de vos horaires, vous pouvez à nouveau aller chercher les enfants à l'école, vous accordez un moment pour aller déjeuner avec votre homme ou votre meilleure copine sans culpabilité. Peut-être devrez-vous vous remettre au travail dans la soirée si la charge de travail est trop grande mais vous aurez enfin le sentiment d'avoir retrouvé cet équilibre épanouissant perso/pro.

2. Laisser court à SA créativité

Combien de fois, j'ai pu être frustrée de ne pas pouvoir changer les méthodes de travail ancestrales, de ne pas pouvoir faire différemment alors que la culture du pays s'y prêtait (J'ai travaillé pendant 12 ans à l'export)… En devenant votre propre chef, vous pouvez choisir vos méthodes et laisser libre court à votre créativité créant ainsi l'ADN de votre activité. Cela est vrai pour les méthodes mais aussi pour les offres que vous allez proposer à vos clients. Tout à coup « Sky is the limit » !

3. Soutenir des causes qui vous tiennent à cœur

Par le biais de votre activité vous pouvez devenir le porte-voix d'une cause : une association, un mouvement, des initiatives personnelles… Ce n'est plus seulement vous mais le rayonnement que peut avoir votre activité qui peut servir une cause qui vous touche.

Chez L-start nous sommes très sensibles au droit des femmes, depuis nos débuts nous soutenons l'association Led by Her en leur proposant gratuitement des ateliers. De leur côté, Les créatrices reversent une partie de leur chiffre d'affaire pour soutenir l'association Santa Fe au Brésil.

4. Choisir les gens qui vous entourent

Nous passons environ 1/3 de notre temps à travailler, c'est énorme ! Il est donc important de pouvoir faire ce que l'on aime pour ne pas vivre chaque jour comme un supplice.

Faire ce que l'on aime est l'une des principales raisons pour lesquelles on se lance mais tout cela ne vaut rien si on est entouré des mauvaises personnes : caractères incompatibles, mauvaises énergies, conflits… En devenant son propre boss, on choisit ceux qui nous entourent : nos collaborateurs, nos prestataires mais aussi nos clients ! On a soudain le pouvoir de choisir, de dire non mais aussi d'essayer, suivre son instinct. Quelle liberté !

5. Créer des emplois

Celle-là je l'ai gardée pour la fin parce que ça n'arrive pas immédiatement avec le package de création des statuts ;-). Il faut parfois beaucoup de temps. En revanche, quand c'est le moment, quel bonheur d'offrir un emploi et de bonnes conditions pour travailler : offrir ce que l'on aurait trouvé quand on était nous-même salariées. C'est aussi le sentiment de pouvoir contribuer à la croissance de l'économie et de redonner à la communauté d'une certaine manière. Le sentiment de changer un peu le monde à son échelle.

6. Le choix de sa tenue

Cela va vous paraitre peut-être drôle mais c'est un réel confort ! Beaucoup de salariés estiment qu'il y a un décalage énorme entre ce qu'ils sont et ce qu'ils doivent porter dans le cadre de leur fonction. Etre son propre boss permet d'aligner son soi et son look, votre allure deviendra tout à coup votre signature si vous êtes une originale ☐ Il est bien évident que certains codes restent vrais même si on est indépendant (pour obtenir un prêt bancaire, il sera toujours bon d'éviter votre bon vieux jogging ;-). Pour ma part, j'apprécie de pouvoir travailler en jeans et sweat tous les jours si je le souhaite, d'être prête en 10mn pour me glisser derrière mon ordinateur ou au contraire soigner ma tenue quand je suis en conférence.

Alors si vous hésitez encore, foncez ! Et si vous n'avez pas d'idées ou si vous n'êtes pas sûre de votre idée, rejoignez notre L-school « Valider son idée de business en 2 semaines ».

Comment trouver l'idée du siècle pour se lancer ?

Vous rêvez de vous lancer, vous le sentez, l'entrepreneuriat c'est pour vous, cette quête d'indépendance et de responsabilité vous appelle tel le chant des sirènes pourtant vous êtes toujours salariée… pourquoi ? Facile… Vous n'avez pas encore trouvé l'idée de génie qui va vous permettre de faire le grand saut !
Alors vous attendez, vous attendez et vous guettez la révélation …

On associe inconsciemment réussite et idée du siècle ! Elon Musk et Tesla, Steve Jobs et iPod … Mais le tissu entrepreneurial est plus riche que cela ! De petites activités peuvent très bien s'imposer si elles trouvent un marché et qu'elles apportent une réelle valeur ajoutée.
Ok, c'est bien vous direz-nous mais vous ne savez toujours pas comment trouver votre idée ?
Immergées dans un monde d'entrepreneurs

depuis de longues années, voici ce que nous avons pu observer :

1. L'expérience

Beaucoup de créateurs d'entreprise qui se lancent tirent parti de leur expérience professionnelle antérieure. L'avantage est évident et considérable : vous connaissez bien l'activité, l'écosystème et cela vous donne immédiatement une véritable crédibilité auprès de vos futurs clients.
Les exemples ne manquent pas : une ancienne directrice de la communication d'un grand groupe qui décide de se lancer en freelance pour conseiller les TPE/PME sur leur stratégie de communication. Un agent de voyage qui décide d'offrir des mariages confidentiels de rêve au bout du monde.
Même si cela ne suffit pas à garantir le succès, c'est une bonne première porte d'entrée pour se lancer !

2. Détecter un manque

C'est également une excellente piste pour trouver se lancer. Vous connaissez forcement l'histoire des fondateurs de Uber qui ne trouvant pas de taxis à Paris lors de la sortie d'un salon ont décidé de lancer une offre complémentaire aux Taxis, on connait toutes la suite !

Marie en arrivant chez UBS trouvait dommage de toujours passer ses pauses déjeuner avec les mêmes collègues s'est dit que ce serait chouette de rencontrer au sein de son entreprise tous ceux qui partagent les mêmes intérêts à créer l'application Never Eat Alone.

Si vous lancez un concepteur novateur, ce ne sera pas forcément facile, certains douteront de votre idée, les banquiers seront peut-être frileux et il faudra certainement du temps pour évangéliser le marché. Mais si vous avez expérimenté un manque, il y a fort à parier que vous ne serez pas seule et que cela peut fonctionner ! Tentez votre chance !

3. Capitaliser sur sa passion

D'autres créateurs transforment leur passion pour la cuisine, la décoration ou le jardinage en activité professionnelle. Une de nos clientes, Chef, a fondé High Thecle culinary un coaching culinaire à domicile pour réinventer le quotidien et faire vibrer son assiette.

C'est un excellent moyen de trouver un projet qui vous anime, vous portera les jours ou vous douterez. Prenez cependant bien le temps de réfléchir bien à votre concept. Qu'allez-vous apporter de plus ? Pourrez-vous en vivre ? Quelle ambition avez-vous ? Même si le marché est porteur, il faudra que vous sachiez identifier le plus qui fera votre signature et vous permettra de réussir. La passion sera le meilleur des moteurs !

4. Importer un concept

Chez L-start nous sommes de grandes voyageuses et nos clientes aussi. De nombreuses clientes vivent d'ailleurs à l'étranger. Ainsi Bérangère et son associée ont lancé au Brésil une entreprise de bouquets à la française pour les hôtels. Mais l'inverse est possible aussi, peut-être pouvez-vous importer un concept en France que vous avez vu à l'étranger et qui a fait ses preuves. Il n y a rien d'illégal à repérer une idée à l'étranger et à la développer en France à condition qu'il n'y ait pas de dépôt de brevet. La difficulté est plutôt d'ordre culturel car une adaptation est toujours nécessaire. Assurez-vous donc de bien comprendre les deux mentalités pour redéfinir le business model.

Et si après avoir testé toutes ces techniques, vous manquez toujours d'inspiration, regardez ce qui vous entoure et surfez sur les tendances : e-commerce, made in France, le bio…L'entrepreneuriat a aussi ses modes.

Besoin d'une méthode pour trouver et valider votre idée de business ? on vous propose notre dernière L-school, attention les portes ferment le 30 avril !

3 conseils pour ENFIN vous lancer !

Cette semaine, Dominique et moi nous sommes retrouvées à Paris pour notre semaine stratégique. Nous avons réfléchi à nos prochaines actions, posé des chiffres, mis des mots sur nos ambitions de 2018. Mais cette semaine a aussi été l'occasion de rencontrer des partenaires, des clientes et des institutionnels.

Nous avons notamment été reçu sur BFM TV Business ? (on vous tiendra vite au courant de la date de mise en ligne de l'émission «Tête à tête des décideurs»). A la fin de l'interview, on nous a demandé quel serait le conseil que nous pourrions donner à celles qui veulent se lancer. Dominique a répondu sans hésiter « Oser ».
Dans la vie de l'entrepreneur, comme dans celle de tout être humain, il existe des périodes de

doute. « Suis-je légitime ? », « Est-ce le bon moment ? », « Est-ce que c'est pour moi », « Est-ce que mon idée vaut quelque chose ? »

Psst : si vous hésitez car vous n'êtes pas sûre que votre idée soit la bonne, on vous prépare une I-school spéciale « Valider son idée » ! Pour être tenu informée en avant-première, inscrivez-vous ici !

Ces phrases vous sont familières ? Alors cet article est pour vous!

1. Lancez-vous !

La peur est mauvaise conseillère et paralyse. Cette semaine encore nous avons rencontré Félicité, Anne, Djamila… des rêves d'entrepreneuriats plein la tête pourtant elles n'osent pas. Elles assistent à toutes les conférences sur le sujet, glanent tous les conseils … sans savoir vraiment si le déclic aura lieu.

Sautez le pas ! « Est-ce que je suis fait pour monter ma boîte? », « ne dois-je pas me former un peu mieux avant ? », « est-ce vraiment une bonne idée ? ». Toutes les entrepreneures vous le diront : les conditions idéales n'existent pas. Résultat, elles sont nombreuses à ne jamais se lancer.

Une seule solution : se lancer. Ne pas (trop) regarder ce qu'il y a autour.

Les erreurs, les fautes ? Vous en ferez. Beaucoup. On en fait toutes ! Mais, vous allez apprendre et gagner en expérience. Dominique et moi ne sommes plus les mêmes qu'il y a 5 ans, 2 ans ou même 6 mois ! Si on devient apprend à devenir mère avec son premier enfant, on devient entrepreneure en créant son activité.

2. Concentrez-vous sur vos rêves.

La vie d'entrepreneure n'est qu'une succession de risques et de décisions à prendre. Il faut agir vite en gardant à l'esprit quel est votre but ultime. En se rappelant ce qu'on souhaite atteindre, on prend de meilleures décisions et on les exécute mieux ! Oui certaines nuits vont être agitées. Oui parfois vous allez être fatiguée, perdue… Mais demandez à chacune des femmes qui se sont lancées autour de vous, laquelle regrette ? Aucune. L'aventure est belle et vibrante ! Quel bonheur de se lever le matin pour faire vivre son projet avec ses valeurs, ses idées !
Alors concentrez-vous sur ce que vous pouvez faire et essayer d'oublier le reste. Parfois, le ciel

vous tombera sur la tête et il faudra composer et rebondir, pivoter. Cette capacité à rebondir et à prendre les bonnes décisions sera une des clés de votre réussite.

3. Définissez votre propre idée du succès.

Vous ne voulez pas lever de fonds, les startups de la tech ne vous parlent pas ? Vous ne vous reconnaissez pas dans les model que les journaux vous montrent ? Cela ne veut pas dire que vous n'avez pas les épaules pour être entrepreneures. Votre projet est certainement bon, il vous anime. Il n'y a pas de meilleures personne pour le porter. Au-delà des chiffres, il y ceux et celles qui vont vous accompagnent dans cette aventure. Vous allez atteindre des paliers que vous n'auriez même pas imaginés. Et même si vous n'atteignez pas les millions, ce sera votre succès.

Prête à vous lancer mais vous doutez de votre idée ? Pour être tenu informée en avant-première de l'ouverture de la L-school « Valider son idée », inscrivez-vous ICI.

Prête à vous lancer mais vous ne savez pas par où commencer ? Rejoignez la L-community et ses entrepreneures pour échanger et passer à l'action avec les outils testés L-Start.

Et si l'échec vous effraie, sachez que l'entrepreneuriat fait grandir, vous ne serez plus jamais la même. Et vous pourrez dire je suis allée au bout du rêve et le chemin ne fait que commencer !

6 conseils pour devenir votre propre patron

Devenir indépendant c'est changer de statut, changer de travail, créer son propre emploi et le plus souvent, vivre aussi de sa passion ! Le choix de l'indépendance devient de plus en plus courant. En 2018, la création d'entreprise n'a jamais été aussi florissante (près de 700 000 nouvelles entreprises crées en 2019), les créations d'entreprise sont régulières en France mais il s'agit bien d'un nouveau record, le précédent date de 2010. Vous souhaitez peut-être devenir indépendant ? Voici quelques conseils qui vous guideront dans cette belle aventure.

COMMENT DEVENIR SON PROPRE PATRON ?

FAIRE CE QUI NOUS PLAIT

Le vieil adage dit « *Ne pas mélanger travail et plaisir* ». Pourtant, lorsqu'on réfléchit à une possible reconversion professionnelle, la question de faire de sa passion, son métier vient inévitablement sur le tapis. A priori une bonne idée, seulement professionnaliser un loisir peut s'avérer moins plaisant que ce n'était de prime abord. Parce qu'il faut alors cadrer ce qu'on faisait sur notre temps libre sans impératif horaire ou de délai d'exécution et ensuite parce que notre loisir n'est pas forcément monnayable, que finalement les contraintes sont trop fortes ou que notre choix ne rencontrera peut-être pas son public.

Et si notre reconversion professionnelle fait replonger dans le stress, la pression et tout ce qu'on a fui dans le poste précèdent, il vaut peut-être mieux éviter !

SOYEZ UN SPÉCIALISTE

Qu'est ce qui est tendance en ce moment ? Qu'est ce qui existe déjà sur le marché ? De quoi vos prospects / clients ont besoin ? Une étude de marché apportera des éléments sur le positionnement marketing et commercial que vous devrez adopter.

- Trouvez la proposition de valeur qui saura déclencher l'intérêt ou la curiosité de vos prospects, soyez vraiment différent !

Définissez vos tarifs en fonction de votre spécialisation. Si vous êtes différent, vous pouvez appliquer des tarifs différents et plus élevés que vos concurrents : vous aurez les arguments pour les défendre.

Cultivez la relation avec vos clients, faites-en des **ambassadeurs de marque** (les techniques pour y parvenir sont réalisables)

ÉVITEZ LA SOLITUDE DU DIRIGEANT ET UTILISEZ VOTRE RÉSEAU

- Attention à la solitude, elle peut être pesante, entourez-vous. Pour cela, voici quelques pistes pour éviter la solitude du dirigeant

- Utilisez les groupes d'entre-aide tels que les BNI. Ce réseau, en particulier, aide les entrepreneurs et profession libérales à développer leurs ventes grâce à une approche structurées, positive et incitative du marketing de recommandation. Les membres exerçant le même métier ne sont pas multiples et ils se complètent.

- Participez à des apéros entrepreneurs

- Faites jouer la recommandation de vos clients

- Utilisez des prescripteurs (banquier, expert-comptable, etc.)

- Rejoignez un réseau ou une franchise

-

SAVOIR DÉLIMITER VIE PROFESSIONNELLE ET VIE PERSONNELLE

Pour votre équilibre personnel, sachez « switcher » à la fin de votre journée de travail et penser à vous. Pour cela, ayez une organisation qui le permette :

- Un bureau à part si vous travaillez à domicile

- Pensez au co-working : ces espaces permettent aussi d'éviter la solitude et de créer une séparation vie perso / vie

- Respectez votre agenda et vos horaires

- Réservez des plages pour votre vie perso

- Prévoyez une journée OFF au moins 1 fois dans la semaine

RESTEZ MOTIVÉ ET RÉSISTEZ À L'ÉCHEC !

Le chef d'entreprise est tenace. Ne rien lâcher, ne jamais abandonner est le leit-motiv d'un créateur d'entreprise (gardez le souvenir des interventions de Philippe Etchebest dans Cauchemar en Cuisine)

- Evitez l'ennui et diversifiez vos tâches

- Restez à l'écoute, apprenez toujours, inspirez vous des belles réussites (Steve Jobs, Henry Ford, Mark Zuckerberg, Jeff Bezos...)

- Avoir un objectif précis, le poursuivre et le conserver

LES DÉMARCHES ADMINISTRATIVES

Les **démarches administratives** sont incontournables dans la vie d'un chef d'entreprise, en indépendant ou non. La création d'entreprise requiert d'effectuer des opérations précises à un moment donné dans l'avancement du projet.

Choisir et rédiger le statut de l'entreprise, le nom de l'entreprise, faire une déclaration à l'INPI, trouver un local, s'inscrire au Centre des Formalités des Entreprise (CFE) …   sont toutes les **étapes de la création** qui vous attendent dès que vous aurez décidé de vous lancer dans l'indépendance !

Devenir un patron. Quel vilain mot !

L'indépendance financière fait rêver beaucoup de gens. C'est plus facile quand on est son propre patron. Cette façon de vivre vous fera profiter de ces nombreux avantages sur la façon dont vous allez gérer votre entreprise et votre argent. Par contre, il faut bien planifier votre projet avant de vous risquer à prendre la décision de quitter votre poste actuel et devenir votre propre patron, en travaillant en freelance ou en créant votre entreprise. Et si d'autres personnes sont satisfaites de leur salaire plafonné ou n'arrivent pas à s'en défaire de peur de perdre cette sécurité financière déjà acquise, vous, osez montrer l'exemple en sortant du lot. Cette initiative, qui sera un succès si vous trouvez la bonne méthode, ne vous sera que bénéfique à court et long terme.

1 – Vous êtes libre

Quand vous êtes employé dans une entreprise, vous êtes soumis à de nombreuses contraintes, disciplines et obligations. Mais quand vous devenez votre propre patron, c'est à vous désormais de fixer les conditions de vos employés, de vous organiser et de prendre vos propres décisions. Vous fixez vous-même vos tâches journalières, vos heures de pause, vos jours de congé, etc.

En travaillant pour votre propre compte, vous pouvez exprimer votre point de vue, et même c'est le vôtre qui doit être suivi, vos exigences, vos priorités, votre méthode. Vous n'avez de compte à rendre à personne.

Tous ces changements vous feront sentir plus de liberté, mais en parallèle de responsabilités. Effectivement, vous n'avez pas droit au laisser-aller, vous devez toujours retenir que tout dépend maintenant de vous. Vous aurez alors à travailler plus si vous voulez faire prospérer rapidement votre business, mais à votre manière.

2 – Fini le stress et les frustrations du quotidien
Quand vous travaillez pour le compte d'une autre personne, vous devez vous plier à ces méthodes, à ces horaires, à ces exigences et priorités. Ce qui fait que vous travaillez constamment sous la pression. D'ailleurs, on vous demande souvent cette aptitude à bosser sous pression lors de l'embauche. On vous impose le volume de travail. Parfois, vous croulez sous des tonnes de dossiers en attente de traitement. Imaginez alors votre frustration et votre degré de stress. Les weekends vous semblent trop court comparés au rythme infernal de votre quotidien. Les erreurs ne sont pas non plus tolérées. Souvent, elles sont sanctionnées.
Par ailleurs, certains supérieurs hiérarchiques n'hésitent pas à malmener leurs salariés et leurs décisions ne sont pas toujours subjectives. Or, chaque salarié leur doit le respect pou la sécurité de leur boulot. On n'écarte pas non plus les risques de harcèlement professionnel et autres pressions moraux, des problèmes qui bouleverseront jusqu'à votre vie privée.
Quand vous devenez votre propre patron, vous saurez ce qui est urgent, le reste pourrait attendre. Vous travaillez en bonne connaissance de cause.

C'est votre conscience qui vous dicte et non plus la pression. Vous saurez mieux gérer votre stress, dont le niveau sera largement plus bas par rapport à l'autre situation. Et vous ne pourrez qu'être juste envers vous-même. Vous serez d'ailleurs respecté et les frustrations ne seront plus que des souvenirs.

3 – Vous gagnez mieux
En tant qu'employé dans une entreprise, vous gagnez un salaire plafonné, mis à part les primes et les indemnités, selon votre catégorie professionnelle. Ces suppléments peuvent se faire rares ou sinon varier selon les situations. Quelles que soient les dépenses que vous aimeriez faire, vous les tirez de votre salaire mensuel. Donc, si vous voulez épargner ou investir, vous devez vous serrer la ceinture. Même chose lorsque vous faites face à un imprévu ou que vous voulez faire un coup de folie. S'ils acceptent vos demandes d'augmentation, les occasions seront peu fréquentes et le changement ne serait pas vraiment spectaculaire. Contrairement à cela, lorsque vous travaillez en indépendance, vous pourrez gagner toujours un peu plus selon les bénéfices que vous enregistrez. Effectivement, ces derniers vous reviennent tous. Alors, plus vous réussissez, mieux vous gagnez.

4 – Vous deviendrez rapidement assez riche
Si vous avez votre propre entreprise, vous pourrez vous enrichîr en très peu de temps. Il vous suffit de trouver un projet porteur, des idées innovantes et une volonté de fer. Prenez le temps de bien analyser les risques, de définir vos cibles et de travailler votre stratégie marketing. Avec une bonne technique et des produits originaux qui attirent pas mal de clients, votre succès serait assuré et vous pourrez devenir riche en seulement quelques années. Les bénéfices s'empileront de manière extraordinaire. Vous aurez alors le moyen d'agrandir rapidement votre affaire, de réaliser vos autres projets, tout en vivant dans le confort, à l'abri du besoin. Mais ne vivez pas qu'en rêve, beaucoup de travail et de détermination sera exigé de vous avant d'arriver à ce stade.

5 – Vous pourrez venir en aide à des tiers
Lorsque vous devenez patron en créant votre entreprise, vous ferez sans aucun doute des embauches. C'est une bonne action compte tenu du nombre de chômeurs, de licenciés ou de jeunes diplômes qui peinent à trouver une place. Vous allez leur donner un salaire qui leur permettra d'assurer leur quotidien. C'est déjà une bonne contribution pour le développement de la société et vous en tirerez une fierté personnelle. Et si vous les traitez bien, c'est encore un autre

cadeau valeureux que vous leur donnez, ce, afin qu'ils puissent travailler plus sereinement. En effet, le stress et les frustrations, comme il a été dit un peu plus haut, torturent moralement beaucoup de salariés. En leur réservant un meilleur environnement, ils pourront être plus productifs.

6 – Vous décidez avec qui vous allez travailler
Quand vous êtes le patron, vous avez la possibilité de choisir vous-mêmes vos futurs salariés. Toutefois, cette tâche est souvent léguée au responsable des ressources humaines, à qui vous pouvez confier vos exigences. D'ailleurs, il aura besoin de votre aval avant de décider, le dernier mot vous appartient toujours donc. Néanmoins, vous devez vous concentrer davantage sur leurs compétences et leurs efficacités qu'autre chose. Vous pouvez vous assurer de leur aptitude après une période de test que vous fixerez également. Essayez de savoir si ce sont des personnes de confiance, sinon ce sera une perte de temps et d'argent de devoir les changer fréquemment.

7 – Vous décidez votre emploi du temps
Quand vous devenez votre propre patron, vous pouvez répartir votre temps comme bon vous semble, mais vous imposerez celui de vos

salariés. Vous pouvez toujours sortir du bureau quand vous le voulez, arriver un peu plus tard ou rentrer un peu plus tôt. Vous vous organisez à votre guise, mais en assurant toujours le bon fonctionnement de votre business. Vous pouvez aller et venir dans vos locaux le jour, la nuit, les weekends ou encore les jours fériés. Vous décidez également de vos jours de congé. Vous aurez ainsi plus de chance d'assister aux événements extérieurs qui marquent votre vie privée, peu importe leurs dates. Mais toujours, comme vous êtes le responsable, vous devez prioriser votre travail avant tout. Vous pourrez prendre des vacances durant les meilleures saisons si votre affaire vous le permet.

8 – Vous êtes maître de vos décisions
Pour chaque décision à prendre dans votre entreprise, vous avez toujours le dernier mot même si vous en discutez avec vos collaborateurs et vos conseillers. En effet, même si ces derniers vous recommandent telle idée, mais, vous déconseillent une autre, vous pouvez toujours décider autrement. Le cas peut se présenter si votre intuition vous dit de prendre un tout autre chemin. D'autant plus que c'est vous le responsable. Si vous échouez, vous serez le premier affecté et dans le cas contraire, c'est vous qui serez fier. Alors, ne vous hasardez pas à des

décisions qui peuvent être regrettables tant que vous n'êtes pas entièrement convaincu. Encore une fois, c'est vous le patron.

Tout le monde devrait toujours s'y soumettre. C'est un bien gros avantage de votre place de patron d'entreprise. On enviera votre place rien que pour cela. D'ailleurs, c'est vous qui devez être le premier au courant de la situation de votre entreprise, et dans les détails. Ces situations concernent la logistique, le personnel, la finance ou autre.

Mais il se peut que vous ayez besoin que quelqu'un prenne des décisions à votre place dans les domaines qui vous dépassent et dans ceux qui ne font pas vraiment partie de l'essentiel. De même lorsque votre entreprise s'agrandit, vous ne serez plus en mesure de valider ou de rejeter toutes les décisions, car vous serez débordé. Il vous faudra des collaborateurs de confiance pour le faire à votre place. C'est souvent le cas des ressources humaines.

9 – Avoir plus de confiance en soi
Lorsque votre business d'indépendant apparaît fructueux, vous gagnez plus de confiance en soi. Il vous a en effet de la créativité et de l'effort pour la matérialisation de votre projet. Vous faites

également preuve de persévérance pour permettre un bon développement de votre business. Le fait que vous ayez réussi à bâtir quelque chose qui vous permet l'indépendance financière et même l'enrichissement est source de satisfaction personnelle. C'est bon pour le moral et pour l'entretien de l'estime de soi.

10 – Vous serez respecté par les autres
Pour les risques auxquels vous avez dû faire face et les succès que vous remporterez, vous gagnez l'estime de votre entourage et redorerez votre image. C'est très bénéfique pour le business et à titre personnel. Si vous vous comportez dignement avec vos salariés, ils vous réserveront également le plus grand des respects.
Devenir son propre patron est avantageux à tout point de vue. Alors êtes-vous tenté par ce défi ?

Voulez-vous devenir votre propre patron ? Si oui, vous êtes bien entourés car plus de 60% des actifs interrogés veulent démarrer leur propre entreprise. Mais créer une entreprise n'est pas facile. Il y a beaucoup d'éléments à prendre en compte pour construire un projet solide. Beaucoup repousse leur envie de créer parce qu'ils ont besoin de plus de formation ou parce qu'ils ne maîtrise pas certains aspects en rapport avec l'exploitation d'une entreprise.

Dans cet article je vais décomposer les principales étapes permettant la création d'une entreprise, de l'idée initiale jusqu'au lancement de l'entreprise. À la fin, vous aurez une idée beaucoup plus claire de ce qui est nécessaire de faire et de maîtriser pour la création d'une entreprise et comment vous pouvez commencer. C'est un grand sujet qui ouvre de nombreuses autres portes. Il s'agira pour vous d'ouvrir certaines portes pour aller plus loin sur les points qui vous intéressent.

Bien sûr, chaque entreprise est différente. Selon le type d'entreprise que vous démarrez, vous pouvez peut-être vous passer de certaines de ces étapes. Par exemple, s'il s'agit d'une entreprise en ligne, de vente à distance que vous créez et gérez depuis votre domicile, vous n'aurez pas besoin de trouver un emplacement et peut-être pas besoin d'embaucher. Vous pouvez également décider de compléter certaines des étapes ou les aborder dans un ordre différent. Pensez à cela comme un modèle général pour démarrer une entreprise, et n'hésitez pas à le modifier et à vous l'approprier pour que ce guide corresponde à vos propres exigences.

Donc, si vous êtes prêt à apprendre comment démarrer votre propre entreprise, commençons!

1. La première pierre : une idée

La première chose dont vous avez besoin lors du démarrage d'une entreprise est d'une bonne idée. Même si vous avez quelque chose en tête, ne sautez pas cette section : En fait, vous n'avez pas besoin d'une idée, mais d'une très bonne idée.

Après tout, la recherche aux États-Unis montre que près de la moitié des nouvelles entreprises crées échouent au cours des cinq premières années. Il y a de nombreuses raisons à cela, mais le plus important est que de nombreux créateurs d'entreprise n'ont tout simplement pas misé sur la bonne idée.

Alors qu'est-ce qui fait une bonne idée?

Eh bien, ce qui peut être surprenant c'est la bonne idée ne doit pas être quelque chose de complètement nouveau, même si cela est tentant. La bonne idée doit être est en quelque sorte une amélioration de ce qui existe déjà.

Par exemple, disons que vous voulez ouvrir un café dans votre ville. Il n'y a rien de nouveau à ce sujet, mais vous pourriez affiner l'offre de service, adopter un nouvel angle. Par exemple les boutiques Starbucks® sont un réel succès, mais ils ne proposent que du café. Alors comment font-ils ? Méthode, réduction des coûts, culture d'entreprise sont les principaux ingrédients.

Revenons à votre café ouvert dans votre ville : S'il y a déjà cinq cafés dans votre ville et que vous en ouvrez un autre, pourquoi les habitants deviendraient-ils vos clients ? Pour qu'il fonctionne, votre café aurait besoin d'offrir quelque chose de différent des autres. Peut-être aura-t-il un concept original, un design innovateur, un emplacement idéal, ou vous offrirez de la nourriture ou des boissons que les clients ne peuvent obtenir nulle part ailleurs.

Vous devez également valider si vous êtes la bonne personne pour ce projet. L'adéquation Homme/Projet est un point essentiel. Avez-vous une compétence particulière que les autres n'ont pas ? Peut-être que vous faites les meilleurs smoothies à la mangue ou peut-être vous avez l'approche intuitive pour embaucher le meilleur fabricant de smoothie à la mangue.

De plus, avez-vous la passion nécessaire pour cette idée ? Cela vous excite-t-il de travailler 27 heures par jour pour en faire un succès ?

Ceci vous aidera à répondre à des questions comme :
– Quelles sont vos passions ?
– Où sont les difficultés ?
– Comment remédier à ces difficultés ?
– Peut-on faire mieux, plus vite, ou moins cher ?
– Pouvez-vous faire mieux, plus vite ou moins cher?

Prenez votre temps à ce stade, réfléchissez attentivement pour apporter les bonnes réponses à ces questions. A ce stade si vous n'avez pas toutes les réponses, ce n'est pas grave – nous allons approfondir la démarche dans la prochaine étape – mais vous devez avoir une idée de base de ce que vous voulez faire et pourquoi vous retenez cette idée.

Donc une fois que vous avez quelque chose qui tient la route, passez à la section suivante.

2. Identifiez votre marché cible

Une entreprise a besoin de clients comme le corps a besoin d'oxygène. Dès le début, vous devez comprendre qui sont vos futurs clients et où aller les chercher. Sinon, votre entreprise va bientôt manquer d'air.

Donc, la prochaine étape consiste à identifier votre marché cible – les clients de votre entreprise vous aideront à comprendre ce qu'ils veulent et comment vous pouvez répondre à leurs attentes.

Par exemple, disons que vous créez une agence de conception Web. Qui est votre client idéal ? Une grande entreprise, peut-être ? Une petite entreprise régionale ? Ou peut-être vous êtes intéressé pour concevoir des sites Web pour des freelances. Peut-être y a t-il un domaine particulier dans lequel vous souhaitez vous spécialiser, comme la conception de sites web pour les artistes et les photographes, par exemple.

Dans chacun des cas, vous devrez gagner et fidéliser les clients. Donc vous aurez besoin de connaître votre cible. Essayez d'être aussi précis que possible – peut-être même à donner à votre client cible un nom de fiction, et de décrire cette personne ou cette entreprise dans les moindres détails, de sorte que vous compreniez vraiment ce qu'ils veulent, les problèmes qu'ils rencontrent, comment vous pouvez leur être utile en devenant quasiment indispensable.

Afin de comprendre votre marché cible, vous devrez peut-être faire des recherches supplémentaires, établir des sondages sur les réseaux sociaux, aller rencontrer du monde dans la rue, téléphoner, interroger votre entourage.

Vous voudrez également rechercher vos concurrents pour voir comment ils servent actuellement votre marché cible et comment vous pourriez faire mieux qu'eux.

3. Rédiger un Business Plan

Cette étape va se baser sur la recherche que vous avez fait jusqu'à présent et l'utiliser pour créer un Business Plan. Ce document vous donnera des précisions sur l'endroit où votre entreprise va, où sont les clients et comment le chiffre d'affaires arrivera. Ce document est incontournable si vous solliciter des fonds auprès d'une banque ou pour attirer des investisseurs.

Vous trouverez certains articles sur le Web suggérant que, en particulier dans le monde en pleine évolution des startups technologique, vous n'avez pas besoin d'un Business Plan. Le Lean Startup est passé par là.

L'argument principal semble être que les choses changent si rapidement qu'il est plus important d'innover, d'expérimenter puis de corriger plutôt que de s'attacher à un plan fixe et rigide. C'est donc par l'expérimentation et par itération que le projet se construit et se corrige.

Vous considérerez que je sur démodé, mais la création et le démarrage d'une entreprise sans un Business Plan me gène et c'est pour moi le meilleur moyen d'aller dans le mur. Oui, bien sûr les choses vont bouger entre le Business Plan et la réalité, et la réalité ne correspondra probablement donc plus à votre plan initial, que vous soyez dans le monde du cloud computing ou des smoothies à la mangue. Mais un Business Plan n'a jamais été conçu comme un ensemble d'engagements fixes et définitifs auxquels vous êtes lié pour toujours.

Donc, plutôt que de ne pas faire un Business Plan du tout, il semble plus judicieux d'en faire un, puis de le mettre à jour fréquemment comme un tableau de bord de l'entreprise.

Comment rédigez-vous un Business Plan ? Vous pouvez utiliser un modèle si vous le souhaitez, et il suffit de remplir les détails mais votre Business Plan ne sera pas original et c'est prendre un raccourci là où justement il faut prendre le temps de la réflexion et de l'anticipation. Sinon, vous pouvez créer un Business Plan à partir de zéro, en utilisant votre propre format et en le rendant aussi original et efficace que vous le souhaitez.

Le contenu peut varier, mais voici les sept sections essentielles à inclure:
– Le Résumé / La vision / Mission Statement / Les Valeurs / l'Executive Summary
– La Description de l'entreprise, du projet, l'adéquation Homme-Projet
– Les Produits
– L'Analyse de marché
– La Stratégie et mise en œuvre
– L'Organisation et équipe de direction
– Le Plan financier et projections

Les quatre premières sections devraient découler des recherches que vous avez déjà faites et de la réflexion que vous avez mené : elles consistent essentiellement à décrire votre idée, la façon dont l'entreprise se présentera et les produits ou services que vous offrirez à vos clients.

A ce stade, vous pouvez ne pas être tout à fait clair sur votre stratégie, mais ne vous inquiétez pas, comme je l'ai précisé, il s'agit d'un document vivant. Écrivez ce que vous avez en ce moment, et actualisez-le au fur et à mesure que vous progressez et obtenez une vision plus claire. De même avec les parties concernant l'organisation et l'équipe, il est suffisant pour le lancement. Evidemment il est très difficile voir même aberrant de prévoir l'activité et les embauches à 3 ans – c'est juste pour l'exercice.

Donc réalisez et rédigez le Business Plan comme un projet que vous mettrez à jour constamment lorsque vous obtenez plus d'informations.

Vous devez ensuite passer au plan financier.

4. Créer un modèle financier

Comme vous venez de le voir, un modèle financier fait partie duBusiness Plan, mais j'ai décidé d'en faire une étape distincte pour plusieurs raisons.

Premièrement, avoir un modèle financier est une étape essentielle. Car le manque de fonds à la création est le principal obstacle au lancement des entreprises. Un bon modèle financier peut, par exemple, vous aider à faire la transition entre votre job actuel de salarié et votre entreprise. Il peut vous montrer combien vous aurez besoin d'investir et à quel moment l'autofinancement est possible.

Deuxièmement, je sais que beaucoup de personnes vont écrire et prendre plaisir à rédiger un Business Plan en négligeant la partie financière, donc je ne voulais pas qu'ils ignorent ce point vital d'un projet de création d'entreprise.

Pour vous aider, voici le lien vers les outils de l'entrepreneur de Créer-Gagner en téléchargement gratuit,

> Utilisez ce modèle de Prévisionnel financier pour faire des hypothèses sur les niveaux de chiffre d'affaires, de rentabilité et de revenus que vous pouvez vous verser.
Énumérez toutes les choses dans lesquelles vous aurez besoin d'investir, et ajoutez-les pour calculer vos coûts de démarrage et vos besoins de financement.
> Utilisez une formule pour calculer le seuil de rentabilité.
> Raisonnez en coûts complets et non seulement en montant des achats

Comme pour le Business Plan, il est peu probable que le modèle financier soit à 100% exact – Je vous rappelle que vous êtes un entrepreneur et non Madame Soleil. Donc, faites les meilleures hypothèses possibles à ce stade.

Et si vous n'avez pas assez d'argent pour démarrer, ne désespérez pas. Consultez, plus bas, la partie sur le financement d'une entreprise.

5. Choisissez un nom

Tout ce que nous avons fait jusqu'ici a été préliminaire. Nous avons essentiellement peaufiné l'idée du projet d'entreprise et nous nous assurons qu'elle passe au moins les premières étapes : vous fournirez un service ou un produit que les clients veulent, et vous entrevoyez le succès, au moins sur le papier.

Si vous identifiez un point d'alerte rédhibitoire pour votre projet, revenez en arrière et affinez l'idée ou créez en une nouvelle. Mais si les voyants sont au vert, alors passez à la concrétisation de votre idée.

La première étape de cette concrétisation consiste à trouver un nom. Cela peut sembler simple, mais il y a beaucoup à considérer dans cette étape. De la façon dont le nom sonne à la façon dont il fonctionne sur le Web et comment il reflète ce que vous souhaitez transmettre.

Je procède de la façon suivante :
– Notez des mots clés de votre secteur d'activité
– Notez des noms de marque existants du même secteur et d'autres secteurs
– Croisez des morceaux de mots venant de ces deux listes
– Dès que vous trouvez un nom qui vous convient, validez le fait que ce soit audible
– Si vous envisagez un développement international, choisissez un nom qui s'adaptera
– Ensuite vérifiez sur Google si ce nom existe
– Si c'est libre, soumettez ce nom à vos proches et recueillez leurs impressions

Si tout est ok, vous avez votre nom. Déposez-le tout de suite à l'INPI et achetez les noms de domaines.

6. Créer une marque

Vous pouvez être surpris de voir cette étape venir si tôt. Beaucoup d'entrepreneurs confondent l'image de marque avec le marketing, et pensent qu'il s'agit d'obtenir le mot. D'autres pensent que c'est juste lié à votre conception de logo. Ce n'est pas tout à fait exact.

Votre marque, tout simplement, est la promesse que vous faites à vos clients. Ce sont les valeurs que vous allez mettre en scène, le type d'expérience que vous donnerez aux clients et la réputation que vous voulez avoir. La marque peut être le nom de l'entreprise, mais dans ce cas c'est assez limitant. Il est plus facile pour une entreprise d'avoir en portefeuille plusieurs noms de marque différents du nom de l'entreprise.

Une marque a également une composante visuelle qui contribue à renforcer l'image que vous avez choisi. Des choix spécfiques de couleurs, de caractères et de graphismes peuvent aider à créer l'image et la personnalité de la marque que vous voulez : amusant et original, responsable et fiable,…

7. Construire un site Web

Maintenant que vous avez créé votre identité de marque, il est temps de l'annoncer au monde. Même si vous démarrez une entreprise classique, c'est à dire avec un local comme un magasin par exemple, les clients s'attendent aujourd'hui à ce que vous ayez un site Web. Mais également les fournisseurs, les partenaires commerciaux, les investisseurs et toute autre personne avec qui vous pourriez avoir à traiter.

Il existe plusieurs approches différentes. Celle que vous choisirez sera en fonction de votre budget, du stade de développement de votre entreprise, de l'image de marque, et de votre niveau d'expertise technique et de conception.

Si vous avez des compétences techniques, vous pouvez utiliser un CMS (Content Management System) comme WordPress ou Prestashop pour le e-commerce. Il y aura aussi Magento. Ensuite vous pouvez acheter et installer votre propre thème graphique de site Web pour un prix abordable en fonction des fonctionnalités que vous voulez pour votre site. Un template à 49 $ suffira en général.

Si vous souhaitez un site avec des fonctions plus élaborées et plus compliquées pour vous pour, par exemple, capter des email et construire votre liste, vous pouvez faire appel ponctuellement à un freelance.

Si vous avez déjà une solide idée de la marque de votre entreprise et des fonctionnalités que vous voulez sur votre site Web, embaucher un concepteur web professionnel est une bonne option. Si vous êtes à l'aise avec l'approche "do-it-yourself", vous pouvez configurer le site vous-même. C'est plus de temps, mais cela doit être un choix éclairé de votre part.

8. Ahhh ! L'administration !

La création et le lancement d'une entreprise peut être très excitant, mais je dois admettre que cette étape n'est pas la partie la plus facile, reposante ou même amusante. Lorsque vous démarrez une entreprise, vous devez être au courant des lois et règlements qui s'appliquent. Vous devrez peut-être vous enregistrer votre entreprise auprès dCentre de Formalités des Entreprises, à la Chambre de Commerce ou des Métiers. Vous passerez par l'ouverture obligatoire d'un compte en banque professionnel pour le dépôt du capital, le numéro de TVA, le RSI, le centre des Impôts, etc…

Même si la création d'une entreprise a beaucoup été simplifiée, cela reste encore une démarche qui prend du temps. Dans d'autres pays comme l'Irlande, il est encore plus simple et rapide de créer une Small Business. Si vous êtes intéressé par la création en Irlande, je vous conseille la lecture de cet article : Entreprendre en Irlande

9. Collecter des fonds

OK, Parlons de choses plus intéressantes maintenant : Financer votre projet.

Dans la 4ème, nous avons créé un Business Plan pour notre nouvelle entreprise. Mais que faire si cet exercice a révélé que vous n'avez pas assez de fonds pour démarrer l'entreprise ?

Ne vous inquiétez pas, c'est très courant. Beaucoup d'entrepreneurs commencent leur projet entreprise en mode test avec le minimum de moyen, mais cela ne tient pas très longtemps. Il y a des contre-exemples. J'en suis un : J'ai créé mes deux premières entreprises avec seulement 2 500 euros. J'ai lancé avec succès la première, puis je l'ai revendue. La seconde a tellement décollé que je n'ai pas pu suivre et financer la croissance. Elle a générer plus de 600 K€ la première année avec 25K€ de résultat après impôts.

Il y a plusieurs stratégies que vous pouvez adopter s'il y a un écart entre le montant que vous avez celui dont vous aurez besoin.

Une méthode est particulièrement populaire chez les entreprises en ligne, basées sur les services : Le bootstrapping, ce qui signifie que l'entreprise va maintenir les coûts de production très bas et va construire une entreprise viable et rapidement rentable avec un investissement minimal. Pour en savoir plus sur ce sujet, je vous propose bientôt un guide pour démarrer votre entreprise en ligne avec cette méthode.

Mais, même si vous voulez démarrer une entreprise plus traditionnelle qui nécessite des investissements dans l'équipement, les locaux, les matières premières, vous avez encore plusieurs leviers pour recueillir des fonds.

10. Créez et testez votre premier produit ou service

Avant de vendre vos produits ou vos services dans le monde entier, il est très intéressant de tester votre bonne idée de la tester sur une petite échelle.

Faire de cette façon peut vous aider rapidement à identifier les problèmes et à les corriger dès le début, avant de dépenser beaucoup d'argent à produire sur une grande échelle, et à risquer de nuire à votre réputation. Mettez-vous en mode agile et voici quelques points à suivre pour tester un produits avant même de le lancer à grande échelle : Cela passe par la méthode des prévente.

En effet, j'ai vu tant de personnes travailler pendant 6 mois sur leur produit sans se poser la question : Est-ce que mon produit intéresse quelqu'un ? Il y a beaucoup d'entrepreneurs passionnés convaincus par leur projet au point d'en être aveuglé. Mais vous pouvez avancer sur la thématique de votre projet en créant par avance une liste de prospects intéressés par cette thématique. Par exemple, vous vous lancez dans la distribution en ligne de cafés du monde. Avant de vendre, vous pouvez ouvrir une page Facebook et communiquer des informations sur les cafés du monde. Vous regrouperez rapidement des personnes intéressées si votre action sur les réseaux sociaux est efficace.

Donc voici la marche à suivre :

– Créez votre page Facebook
– Rédigez des articles sur votre thématique et partagez-les
– Créez une page vers laquelle vous dirigez votre audience : Une Squeeze page, pour capter les emails et un prénom
– Récoltez des emails de personnes intéressées et

construisez votre liste

– Créez un compte PayPal ou un compte Stripe pour pouvoir être payé

– Créez une landing page, c'est à dire une page de vente avec la présentation du produit proposé qui n'est pas encore fini.

– Proposez sur cette landing page, votre produit en précommande

– Faites venir votre trafic sur cette page depuis les réseaux sociaux ou en organisant un emailing.

Ensuite, vous recueillez les retours, vous analysez les consultations, les clics, les conversions, le niveau de chiffre d'affaires. Sur cette base vous pouvez imaginez la suite de votre produit. Vous pourrez le modifier ou l'abandonner si vous n'avez pas le résultat escompté. En tout cas c'est une façon efficace et peu coûteuse de tester votre produit rapidement sans y investir beaucoup.

Vous pouvez appliquer la même méthode aux entreprises de services. Par exemple, si vous mettez en place un studio photo, vous pouvez proposer des séances de photos gratuites à un nombre limité de personnes en échange d'un feedback sincère et détaillé. Même si vous êtes confiant dans votre projet et dans vos compétences, il peut y avoir une faille ou une optimisation à apporter.

La clé du succès de ce processus est l'apprentissage par l'expérience utilisateur et l'adaptation/modification du projet.

GARDEZ EN TÊTE 3 MOTS-CLÉS CRÉER, MESURER, APPRENDRE

11. Trouver un emplacement

Si vous commencez une activité en ligne, cette étape peut ne pas s'appliquer. Mais, je pense que les entreprises du web ont beaucoup à gagner en ayant un emplacement physique, que ce soit un magasin ou simplement une surface d'exposition. Cela peut être une surface éphémère.

Ce qui est bon pour vous dépend du type d'entreprise que vous démarrez. Si c'est une entreprise de vente au détail qui s'appuie fortement sur les achats saisonniers comme les fruits, les légumes ou les fleurs, un emplacement de premier choix peut faire une énorme différence pour les ventes. Dans ce cas, il peut être utile de payer plus pour louer un espace avec beaucoup de trafic de passage et peu de concurrence directe.

Là aussi il y a 3 mots-clés à retenir pour un emplacement de premier choix : L'emplacement, l'emplacement, l'emplacement !

Si, d'autre part, vous avez juste besoin d'un bureau ou d'un espace pour produire et stocker les produits que vous vendez en ligne, alors vous pouvez opter pour un local peu cher de loyer se trouvant au fin fond d'une zone d'activité.

Dans les deux cas, il y a beaucoup d'autres facteurs à considérer, comme prévoir de la place pour une croissance future, surtout si vous envisagez d'embaucher. Ceci afin d'éviter un déménagement à chaque étape de votre croissance. Choisissez aussi un lieu proche de vos principaux fournisseurs ou proche des axes de communication : Proche de l'autoroute, d'une gare, d'une grande ville ou d'un aéroport.

12. Embaucher si nécessaire

C'est une autre étape qui ne s'appliquera pas non plus à toutes les entreprises. Si vous souhaitez restez seul en ayant la possibilité de déléguer et sous-traiter une partie de votre activité, alors continuez ainsi. Mais si vous avez besoin d'embaucher alors prenez conseil sur la possibilité financière de le faire dans de bonnes conditions. Prévoyez d'embaucher avec de bons outils pour effectuer la mission et pour bien accueillir votre premier salarié.

C'est un temps de l'entreprise et pour l'entrepreneur très important. Cela peut être une étape décisive pour accélérer le développement de l'entreprise. Mais cela représente aussi un risque important. C'est aussi prendre en compte qu'une personne va s'impliquer dans votre projet et qu'elle prend un risque si votre ebtreprise est un échec. Vous avez une responsabilité. Donc réfléchissez !

De plus, il y a beaucoup de règles que vous devez respecter lorsque vous devenez un employeur, comme faire les bonnes déclarations, mettre en place les salaires et toute la partie sociale. Vous devez fournir un lieu de travail en toute sécurité. Entourez-vous de conseils.

13. Organisez et structurez la gestion de votre entreprise

Garder des états financiers précis est une exigence fondamentale pour la gestion de votre entreprise. Ne pas le faire peut vous mettre en difficulté avec les autorités fiscales. De plus c'est juste une mauvaise pratique commerciale – si vous n'avez pas une image claire et précise des entrée et des sorties, vous pourrez anticiper les difficultés et anticipé des opportunités d'investissement.

J'ai vu une fois un entrepreneur qui ne savait pas gérer un plan de trésorerie, pire, il croyait le savoir. Au bout de 4 mois il ne pouvait plus cacher d'avantage ses incompétences et la société à coulé. Cela aurait pu être évité.

Heureusement, pour la plupart ce n'est pas une étape difficile. Il y a pléthore d'applications comptables et de logiciels comme QuickBooks, Xero ou NetSuite pour n'en nommer que quelques-uns. Beaucoup d'entre eux offrent des essais gratuits, alors testez-les pour un mois et voyez lequel est le plus adapté à vos besoins.

Et bien-sûr, ne passez pas à côté de l'expert-comptable. Je le conseille fortement, même si celui-ci ne vous apportera qu'une vision passée de votre entreprise. En effet, un bilan comptable est une photo de l'activité de l'année écoulée. Il est souvent 6 mois trop tard si vous devez mettre en place des correctifs.

Alors complétez cela par vos tableaux de bord et mettez-les à jour tous les jours, surtout le plan de trésorerie. Vous compléterez avec un tableau de bord commercial simple pour piloter l'activité.

14. Sortez le mot

Rappelez-vous au début, quand j'ai dit qu'une entreprise a besoin de clients comme le corps a besoin d'oxygène. Eh bien, nous y sommes. Nous abordons maintenant le point qui va vous permettre d'amener ces clients.

Vous avez maintenant une bonne idée, une grande marque, un site Web et un premier produit solide. Cela s'annonce bien, mais pour commencer à faire des ventes, vous devez dire au plus grand nombre ce que vous faites.

Heureusement, vous avez plusieurs possibilités.

Construire une liste d'email est une excellente première étape. Nous l'avons vu en partie précédemment dans le test du produit.
Mais comment construire une liste d'email, et comment vous pouvez faire le meilleur usage de celle-ci en envoyant des emails efficaces
pour Inciter vos prospects à les ouvrir et à acheter

vos produits. Je ne développerai pas ici ces techniques dans le détail car il y a beaucoup à dire.

Vous pouvez également utiliser la publicité payante, soit via Google Adwords ou via les médias sociaux, comme Facebook. Sur ces leviers, il y a une série vidéo sur la commercialisation de votre nouvelle entreprise en ligne. Faites une recherche par mots-clés en fonction de votre thème et de vos besoins d'informations et visionnez. Il y a beaucoup d'informations très intéressantes et gratuites.

N'oubliez pas les méthodes plus traditionnelles, comme les structures d'accompagnement à la création d'entreprise, les évènements pour entrepreneurs, les salons professionnels et les autres entreprises locales.

Enfin, l'un des meilleurs moyens de générer du trafic et faire grossir votre notoriété est d'avoir quelqu'un d'autre pour le faire pour vous. Beaucoup s'entourent par la publicité et l'autopromotion, mais vous gagnerez en confiance et sincérité si ce sont d'autres personnes, d'autres sites qui parlent de vous positivement. Pour arriver à cela, il faut faire du "porte à porte" sur le web :
– Identifiez les sites de médias et les blogs influents

de votre thématique.

– **Contactez-les en vous présentant et leur offrant une valeur comme un article invité qu'ils publieront en vous nommant et en mettant un lien ver votre site.**

– **Créez un dossier de presse light avec photos et résumé et envoyez un email aux attachés de presse de magazines ou de sites média.**

Il y a beaucoup d'autres piste et méthodes. A vous d'être créatif en apportant de la valeur.

15. Le lancement !

Nous y voilà, la dernière étape.

C'est une opportunité parfaite et un temps pour générer un peu de buzz autour de votre nouvelle entreprise avec un événement ou une offre. Gardez à l'esprit que bien que le lancement de votre entreprise soit important pour vous, il ne sera pas forcément du même intérêt pour beaucoup d'autres personnes. Donc afin de les intéresser, vous aurez à être imaginatif et vous devrez adopter une mécanique imparable.

Par exemple, envisagez de faire un cadeau accrocheur, ou d'offrir vos produits et services en essai gratuit le jour du lancement. Pensez à ce qui vous ferait partager la page si vous vous mettiez en situation de prospect. Que pouvez-vous offrir qui les incite à s'inscrire à votre liste email ? Qu'est-ce qui peut éveiller leur curiosité, leur intérêt au moment du lancement ?

Un lancement peut être un excellent moyen de rencontrer votre audience, d'attirer des clients potentiels ou d'attirer tout simplement l'attention. Mais le plus important et je ne le dirai jamais assez : Offrez de la valeur car pour recevoir il faut d'abord savoir donner. Donc n'offrez pas un simple e-book comme le font la plupart. Mais apporter un outil, une méthode qui apporte une solution.

Vos futurs clients n'attendent pas de l'information, car il y a en a déjà trop à disposition sur le web. Non, ils attendent une réponse, une solution à leur problème ou leur souhait.

En conclusion

Nous sommes passés par toutes les étapes qui amènent au lancement d'une entreprise. De l'idée initiale jusqu'à la première vente.

Bien sûr, la journée de lancement n'est que le début de l'aventure. Il faut construire sur le long terme en ayant un regard au jour le jour. Cette double vision et actions fait que l'entrepreneur doit avoir une hauteur de vue, une vision à 360° de son projet et marché. Il doit mettre en marche des qualités personnelles et de nombreuses ressources.

A l'issue de cet article, vous serez en mesure de définir une base solide pour votre nouvelle entreprise et de vous donner les meilleures chances de succès.

Pour récapituler, voici les principales étapes :
– **Venez avec une idée.**
– **Identifiez votre marché cible.**
– **Créez un Business Plan.**
– **Créez un prévisionnel financier.**
– **Choisissez un nom.**
– **Créez une marque.**
– **Construisez un site Web.**
– **Gérez l'administratif... et débarrassez-vous en**
– **Réunissez des fonds.**
– **Créez et testez votre premier produit ou service.**
– **Trouver un emplacement.**
– **Embauchez des talents si nécessaire.**
– **Mettez en place vos outils de gestion**
– **Communiquez**

Et...

Lancez-vous !

Nouvelle partie

Quand il s'agit d'avoir une idée de création d'entreprise, la plupart des entrepreneurs en herbe se heurtent à l'un de ces deux problèmes : Soit ils ont trop d'idées et ils ne savent pas choisir, soit ils n'ont aucune idée. Ces deux problèmes pénalisent souvent la création d'entreprise puisque si les entrepreneurs ne peuvent pas trouver la bonne idée, comment vont-ils pouvoir lancer leur projet ?

C'est pourquoi les nouveaux entrepreneurs doivent être un peu créatif et stratège pour trouver la bonne idée de création d'entreprise. Il y a souvent trois étapes dans cette démarche de conception : Ce que j'appelle "le remue-méninges", faire focus puis les tests. Ce guide vous montrera comment passer par ces étapes pour faire émerger la bonne idée de création.

Comment générer pléthore d'idées de création d'entreprise ?

Si vous êtes le type d'entrepreneur qui a tendance à avoir trop d'idées, alors vous pouvez sauter cette partie, bien qu'il soit toujours utile de faire un brainstorming supplémentaire au cas où il y a idées que vous auriez peut-être manqué. C'est le moment de désinhiber votre créativité. La structuration de votre idée de création viendra plus tard dans le processus.

Étape 1. Faites voler votre KITE

Une façon d'aborder le brainstorming pour vos idées de création d'entreprise consisterait à faire un peu d'auto-exploration. Vous pouvez utiliser l'acronyme "KITE" pour vous guider. Cela vient d'une méthode très simple et fréquemment utilisée aux Etats-Unis :

- "K" de Knowledge. C'est la Connaissance. En quoi avez-vous une connaissance, une expertise, un savoir-faire ? Cela pourrait être un domaine que vous maîtrisez par votre cursus ou par votre expérience. Pensez à tous les cours, séminaires et ateliers auxquels vous avez participé. Quels sujets avez-vous étudié en profondeur ?
- Intérêts. C'est là que votre enthousiasme et votre passion entre en jeu. Par quels sujets ou domaines êtes-vous extrêmement intéressé ? Qu'est-ce que vous aimez lire ou apprendre pendant vos temps libres ? Cela peut être une passion personnelle qui vous a poussé à approfondir un sujet particulier. Plus important encore, ces centres d'intérêts sont ceux que vous considérez comme des passe-temps, des projets personnels, et d'autres activités que vous poursuivez pendant votre temps libre.
- Talents. Pensez aux compétences, aux idées ou aux résultats que d'autres personnes vous louent. Pensez aux compliments de vos collègues à votre égard, vos patrons, vos amis et votre famille. Prêtez attention aux moments où ils ont dit des choses comme, "Vous êtes vraiment bon à ceci" ou "Je savais que je peux avoir votre aide sur cela". Aussi,

pensez à toutes les opportunités que vous pourriez rencontrer. Vous ont-ils déjà demandé, ou mieux encore, offert de vous payer en plus pour quelque chose qui sort de votre mission principale ? Vous pourriez y voir une preuve que vous savez apporter des solutions ou créer de la valeur sur un domaine, là où d'autres ne le font pas.

- Expériences. Enfin, il est important de revoir votre parcours éducatif et professionnel, y compris toute action bénévole ou organisations auxquelles vous avez adhéré. Dans quels domaines, compétences ou sujets vous êtes-vous le plus formé ? Que faites-vous actuellement pour vous développer dans ce domaine ? Que disent vos références de votre expertise ? Revoir votre CV peut aussi vous donner quelques idées de création d'entreprise. C'est une prise de recul intéressante à faire sur soi.

Ensuite, vous devez créer une liste regroupant 10 centres d'intérêts ou 10 passions. Faites cette liste et forcez-vous à la faire complètement. Evidemment vous aurez du mal à la terminer. Puis, énumérez quelques produits ou services que vous pouvez offrir pour chacun de ces 10 items. Posez la liste et analysez-la dans son ensemble. Je pense que déjà à ce stade quelque chose émerge.

Lorsque vous explorez ces domaines, ne vous attendez pas à quelque chose de précis. Cela peut aussi être une liste à la Prévert. A ce stade, il n'est pas nécessaire de penser aux produits ou aux services que vous fournirez.

Étape 2. Explorez votre environnement

A l'issue d'une recherche en introspection, vous, entrepreneurs en herbe, devrez également tenir compte des forces et influences externes. Voici quelques questions pour vous permettre de mieux cerner les conditions dans lesquelles vous pourriez travailler :
Quelles sont les entreprises proches de votre domaine ? Pensez à la fois au domaine d'expertise et au marché cible.
– Regardez attentivement ces entreprises prospères. Quelles sont les caractéristiques communes (taille de l'entreprise, marché, industrie, etc…) ?
– Quelles sont les tendances ou changements que vous pouvez observer ?
– Quelles compétences spécifiques avez-vous pour vous adapter à ces changements ?

– Qui de votre réseau peut vous aider, comme vos amis, votre famille ou votre entourage professionnel ?

La prochaine fois que vous sortez, regardez les vitrines qui tendent à attirer un grand nombre de clients. Que proposent-ils de nouveau, de différent ? Qu'est-ce qui les distingue des entreprises environnantes ?

Adoptez la même démarche sur le web en vous basant sur une recherche par mots-clés. Puis regardez les sites qui sont les mieux référencés. Quel est le contenu qui vous parle ? Que propose-t-il d'original, d'efficace ? Quelle expérience utilisateur observez-vous ?

En cherchant des éléments à l'interne et à l'externe de votre idée de création, vous êtes susceptible d'arriver à une liste exhaustive d'entités qui vous aideront à développer votre idée de création d'entreprise ou au moins à la conforter. Maintenant, en partant de la liste, vous devez réduire le spectre pour faire focus sur les plus percutantes, les plus intéressantes. Celles qui ressemblent étrangement à la bonne idée de création d'entreprise.

Étape 3. Filtrez et faites un focus

Tout d'abord, parcourez toutes les idées et éliminez celles qui ont, selon vous, des défauts rédhibitoires et celles qui vous intéressent le moins. Imaginez travailler toute la journée, tous les jours de la semaine sur ces thématiques et posez-vous la question : Aurai-je toujours la flamme ?

De plus, si déjà sur le papier une idée d'entreprise vous ennuie, vous avez la réponse. Je part d'un principe tellement simple que son efficacité est incontestable :

QUAND IL Y A UN DOUTE,

IL N'Y A PAS DE DOUTE

Fiez-vous cette fois, non à la raison, mais à votre instinct, à votre ressenti, à vos émotions.

Étape 4. Réévaluez vos idées de création restantes

Pour chaque idée qui reste sur votre liste, posez-vous les questions suivantes :

- Cette idée est-elle proche de vos domaines de connaissances et d'expertise ? Au plus vous avez de l'expérience dans un domaine, au plus vous vous rapprochez de votre idée de création. Ce sont vers ces idées que vous pourrez construire votre réussite. Bien sûr, il est aussi possible de démarrer une entreprise dans un domaine que vous ne maîtrisez pas, mais vous aurez besoin d'un partenaire expert avec qui travailler.
- Y a-t-il des futurs entrepreneurs qui ont besoin que cette idée existe ? Mais cette idée contribue-t-elle à rendre la vie plus facile ? Intéresse-t-elle quelqu'un ? Si vous pouvez identifier une cible, des personnes ou des entreprises qui pourraient être intéressées par votre idée de produit ou de service, alors c'est un signe positif.
- Y a t-il de la concurrence ? Existe-t-il des entreprises qui fournissent des produits ou services similaires ? Certains entrepreneurs abandonnent des idées de création lorsqu'ils voient qu'elles ont déjà été développées par d'autres entreprises. C'est une erreur. Si certains l'ont fait c'est que c'est possible et qu'il y a un marché. La concurrence est en fait un bon signe.

- L'exécution de votre idée de création pour les trois premiers mois après le lancement sera-t-elle trop coûteuse ? Si la réponse est «oui», supprimez l'idée ou reportez-la pour une autre fois. Par exemple, le lancement de votre propre compagnie aérienne pourrait sembler très amusant, surtout si vous êtes un pilote expérimenté et passionné, mais à moins que vous ayez une fortune personnelle pour financer ce projet, ce n'est pas une idée viable pour commencer dans la création d'entreprise.

Une fois que vous avez réduit votre liste à 2 à 5 idées de création viables, vous pouvez commencer et à passer à l'étape suivante.

Et l'idée de création parfaite ?
À ce stade, vous pourriez vous demander quelle est l'idée unique et parfaite pour vous. Celle qui l'emportera sur les autres et, d'une certaine façon, parviendra à joindre à la fois vos passions et la rentabilité du projet. Mais trouver cette idée finale n'est pas simple. Il faut souvent des années à un entrepreneur pour mettre en place une entreprise durable, ainsi que la faire évoluer pour une congruence avec le marché.

Diffusion de votre idée
Une fois que vous avez votre liste de 2 à 5 idées

d'affaires, voir moins, il est temps de les tester pour savoir si elles sont réalisables et si elles seront rentables. Ce test permettra d'effectuer les ajustements nécessaires pour atteindre votre objectif et de réduire la liste.

Étape 5. Testez votre idée de création d'entreprise

Une étape cruciale pour la plupart des entrepreneurs est donc de tester la viabilité de leur idée d'entreprise. Sans les tests, vous courez le risque d'investir du temps, de l'argent et des efforts sur une idée qui pourrait ne pas être la bonne ou s'avérer non réalisable. Pour tester votre idée, vous pouvez faire ce qui suit :

- Interviewer des clients potentiels. Rechercher des personnes dans votre réseau qui correspond au profil d'un client possible. Demandez-leur s'ils achètent auprès d'entreprises similaires à celle que vous envisagez de créer. Si oui, vous pouvez poser des questions supplémentaires telles que la fréquence d'achat, pourquoi ou comment ils ont choisi l'entreprise avec laquelle ils font affaire et combien ils dépensent généralement par commande.

Sinon, demandez-leur pourquoi. Ils voudront bien volontiers vous apporter leur aide s'ils comprennent vos intentions. Donc soyez clair.

- Commencez par un test de vente simple à mettre en place et peu coûteux. Cela pourrait être par le biais de pré-vente, où vous vendez le produit à l'avance, avec un taux réduit, avant même de le faire ou de l'acquérir. Vous pouvez également offrir une série limitée de votre produit, avec seulement une quantité limitée d'unités disponibles ou vendus à une poignée de clients. Vous pouvez le faire via les réseaux sociaux ou des market places. Si personne ne mord malgré les leviers marketing ou la promotion que vous aurez mis en place, alors peut-être que l'idée n'est pas viable. Dans ce cas analysez les retours et avec honnêteté et objectivité, demandez-vous si votre offre peut être corrigée ou mise à la poubelle.

Étape 6. Écrivez votre Business Plan

La validation de votre idée de création vous aidera à acquérir une expérience réelle dans la mise en œuvre de celles-ci. Espérons que cela signifie que vous avez trouvé au moins une idée de création viable pour commencer à explorer plus loin.

Vous devrez ensuite préparer votre Business Plan. Pour cette étape je vous invite à voir le cours gratuit sur la construction d'un Business Plan

Mais pour ne pas faire durer le suspense, un bon Business Plan contient les détails suivants:

- Produits et services. Quels produits et services proposez-vous ? Quels sont les prix ? Combien de fois les clients vont-ils payer pour les produits et les services – mensuel ou annuel ou un paiement ponctuel ? Quels sont les atouts de vos produits et services ? Quelle est la proposition de valeur ?
- Marché cible. Identifiez et approfondissez la connaissance de vos clients cibles. Quelle est leur tranche d'âge ? Le sexe ? leur activité ? leurs besoins ? Quels sont leurs principaux problèmes que vous devez résoudre ? Si vous ciblez des entreprises, quelle est la taille de l'entreprise-cible ? Quelle est le secteur d'activité ? En connaissant les détails de votre marché cible, il sera plus facile pour

vous de prendre des décisions stratégiques pour maintenir vos avantages concurrentiels.

- Plan marketing et des ventes. Bien sûr, il est difficile de maintenir une entreprise en marche si vous n'avez aucun plan pour atteindre vos clients et de les convaincre d'acheter vos produits. C'est là que la bonne connaissance de votre marché cible est importante. En sachant tout ce que vous pouvez sur eux, vous saurez exactement où et comment les atteindre.

- La Vision et la Mission Statement. Il est facile de penser que la vision et la mission n'est pas des points sur lesquels s'attarder, qu'ils ne sont pas importants ou utiles dans le contexte des petites entreprises agiles. La vérité est qu'énoncer les croyances et les valeurs peuvent vous aider à vous concentrer sur ce qui vous motive, sur le sens à donner à votre action. C'est une façon de ne pas excentrer la stratégie de l'entreprise.

Au fur et à mesure que vous progresserez dans votre idée de création d'entreprise et durant la création elle-même, votre projet changera au fil du temps, il est donc préférable d'envisager de faire évoluer votre plan, votre Business Model en revenant. Revenez une fois par mois pour sur les éléments fondamentaux de votre projet pour l'adapter et maintenir une agilité.

Rappelez-vous que c'est le contenu du Business Plan qui compte. Ne passez pas trop de temps sur la conception du document. Restez "straight to the point".

Étape 7. Elaborez et testez votre pitch

Au-delà du Business Plan, vous devez également créer une présentation plus condensée de votre entreprise, de votre projet. Il s'agit d'une simple phrase, de quelques mots contenant quelques propositions de ce que votre entreprise fait. Que vous vouliez ou non changer le monde, vous devez passer par cet exercice.

C'est important parce que vous n'aurez pas souvent le temps ou l'espace pour expliquer ce que fait votre entreprise aux parties prenantes. Vous devez apprendre à présenter votre offre dans un délai aussi court que possible.

Transformer votre idée de création d'entreprise en réalité

Une fois que vos idées ont été listées, détaillées, analysées, vous en avez sélectionnée une et vous avez rédigé votre Business Plan, puis le pitch. Il ne reste qu'une étape : L'exécution. Tout en restant en lien avec la réalité pour votre projet, vous devrez à la fois être dans l'opérationnel tout en ayant une vision stratégique.

Alors, avez-vous une idée de création d'entreprise à lancer ?

Comment se préparer à remporter les grands succès de sa carrière et de sa vie personnelle ?

Parfois, il suffit d'un instant pour changer la trajectoire de votre carrière et de votre vie personnelle. Vous devez être prêt à performer quand ce moment viendra.

Le joueur des Golden State Warriors Andre Iguodala a toujours excellé sous pression. Quand il était adolescent, en 2001, le match de demi-finale du Championnat national de l'AUA d'Iguodala se jouait à toute vitesse. C'était l'un des meilleurs joueurs de l'équipe et ses adversaires le protégeaient agressivement. Soudain, à deux secondes de la fin, un coéquipier lui a passé le ballon. Il était loin du filet, de l'autre côté du terrain. Il n'y avait pas le temps de dribbler, pas le temps de réfléchir. Iguodala s'est retourné, a tiré et a marqué.

Ce genre de coups d'embrayage est également courant dans le monde des affaires. Que vous recrutiez un cadre supérieur, que vous cherchiez à obtenir une ronde de financement auprès de sociétés de capital de risque de premier plan ou que vous lanciez un énorme client, une grande victoire peut changer la trajectoire de votre carrière ou de votre entreprise. Dans l'épisode de Zero to IPO de cette semaine, Joshua Davis du magazine Epic et moi avons parlé avec Iguodala et Amy Pressman, la cofondatrice de Medallia, pour savoir comment ils obtiennent de gros gains. Voici les conseils qu'ils ont partagés :

1. ÊTRE PRÉPARÉ DANS TOUS LES ASPECTS DE VOTRE VIE

Bien avant que le moment de faire ce coup d'embrayage n'arrive, vous devez faire tout ce que vous pouvez pour vous préparer. Iguodala et ses coéquipiers ont mis une tonne de travail dans les coulisses que les téléspectateurs et fans occasionnels ne voient jamais. Pour commencer, il conçoit tous les aspects de sa vie pour se préparer au succès. Iguodala et sa femme apportent toujours de petits changements à leur routine quotidienne pour améliorer leur santé et leur bien-être en général. Il met en place son environnement domestique pour permettre la meilleure nuit de sommeil possible, il suit un régime végétalien 85% du temps, et il est toujours à l'affût de moyens d'être en meilleure santé.

Vous pouvez appliquer ce type de préparation intense à votre entreprise et à votre carrière. Si vous avez une grosse entrevue ou une présentation à venir, la préparation la veille ne suffira pas. Vous devez faire le travail bien avant la journée, c'est-à-dire maîtriser vos compétences en matière de présentation, faire constamment du réseautage et maintenir un style de vie équilibré. De cette façon, lorsque vous serez assis devant un client ou un investisseur potentiel, vous aurez la préparation mentale, le talent et la confiance dont vous avez besoin pour réussir ce coup d'embrayage.

2. AIGUISER VOS COMPÉTENCES D'ÉCOUTE ET DE VENTE

Croyez-le ou non, même les étudiants des écoles de commerce ont tendance à négliger l'un des aspects les plus critiques de la création d'une entreprise – les ventes. Pressman nous a dit que lorsqu'elle était à la Stanford Graduate School of Business, elle et beaucoup d'autres aspirants entrepreneurs ne considéraient pas la vente comme une compétence nécessaire.

Une partie importante de l'évaluation des coups d'embrayage est de comprendre les habiletés dont vous avez besoin et de les développer par l'expérience et la préparation. Pour Pressman, c'était la vente, et au fur et à mesure que sa carrière progressait, elle s'est concentrée sur le développement et le perfectionnement de ses compétences en vente. Démarrer une entreprise, en fait, c'est un gigantesque concert de vente après l'autre, dit-elle. Vous vendez des clients sur des produits que vous n'avez pas encore construits, vous vendez des investisseurs sur votre vision, et vous vendez des recrues sur l'opportunité de travailler avec vous.

C'est peut-être une surprise, mais pour être bon en vente, vous devez apprendre à écouter plus que vous ne parlez. Vendre, c'est comprendre son acheteur. Ce n'est pas ce que vous voulez vendre qui compte ; c'est ce que quelqu'un d'autre veut acheter.

Les meilleurs vendeurs se comportent plus comme des renards fennec que comme des alligators – alors que les alligators ont une grande bouche et de petites oreilles, les renards fennec ont de grandes oreilles. Mon conseil aux entrepreneurs : Écoutez vos clients et, en un rien de temps, vous obtiendrez des résultats dans tous les domaines de votre entreprise.

3. RELEVER DES DÉFIS

Que vous soyez sur le terrain de basketball ou dans la salle de conférence, les athlètes et les entrepreneurs vivront des moments difficiles. Et comme beaucoup d'entrepreneurs le savent, plus la scène est grande, plus la concurrence est forte. Au niveau d'Iguodala, il joue contre les joueurs de basket les plus talentueux du monde. Il y a une idée fausse répandue selon laquelle les joueurs qui sont 14ème ou 15ème sur le banc sont juste bien, mais chaque personne sur une liste de la NBA est l'élite.

Il donne des conseils simples aux entrepreneurs qui tentent de marquer des points lorsque les temps sont durs : Restez compétitifs et battez-vous jusqu'au bout, mais sachez qu'il y a de la lumière au bout du tunnel. Iguodala dit souvent à son fils d'embrasser la lutte et d'en tirer des leçons : "Si ce n'est pas dur, c'est que tu ne le fais pas bien et que tu n'en retires rien."

4. TROUVER VOS FACTEURS DE MOTIVATION ET INSPIRER CONFIANCE

Qu'il s'agisse d'un titre de championnat, d'un quota de ventes ou de la création d'une entreprise emblématique, vous devez garder un œil sur l'objectif final pour réussir. Sachez ce qui vous motive et vous resterez sur la bonne voie. Iguodala recommande de se remémorer les succès passés. Parfois, il regarde une vieille cassette d'un match quand il a particulièrement bien joué. La plupart des gens d'affaires ont une mémoire à très court terme – ils sont tellement concentrés sur aujourd'hui ou demain qu'ils oublient le succès du mois dernier. N'oubliez pas de reconnaître votre équipe pour cette énorme victoire de client ou cet événement réussi. Le renforcement de la motivation et de la confiance en soi est essentiel pour relever les défis avec succès.

Vous pouvez être l'athlète le plus talentueux, le codeur le plus rapide ou le vendeur le plus persuasif, mais les compétences seules ne sont pas toujours synonymes de succès. Vous déterminez votre succès en maximisant votre potentiel. Le fait de donner de l'intention et du but à tout ce que vous faites rendra ces coups d'embrayage faciles à réaliser. Pratiquez, trouvez vos facteurs de motivation et gardez un œil sur l'objectif ultime. En suivant ces étapes, vous vous préparerez au succès, quoi que vous fassiez.

Les erreurs les plus fréquentes des nouveaux entrepreneurs

L'une des plus grandes motivations pour démarrer votre propre entreprise est l'indépendance. Cela peut aussi être votre plus grand défi. Personne à qui répondre, à part votre engagement à faire démarrer une nouvelle entreprise. Vous êtes peut-être le seul décideur. Ce que beaucoup de nouveaux entrepreneurs sous-estiment peut-être, c'est la pression de tant de demandes concurrentes. Vous risquez ainsi de commettre des erreurs stupides ou de rater des occasions précieuses. Cela peut vous faire reculer et même vous mettre sur la voie de l'échec.

Il n'y a pas une seule façon infaillible de démarrer une entreprise. Vous ne pouvez pas vous attendre à un succès instantané. Cela ne fonctionne pas de cette façon. Il faut de longues heures de travail acharné, de planification et d'inquiétude pour gagner sa vie. Mais il y a des erreurs simples et courantes que tout nouveau propriétaire d'entreprise doit savoir pour éviter de prendre de mauvaises décisions. Voici les erreurs les plus courantes que tout nouveau propriétaire d'entreprise peut commettre.

Défaut de planification

Bien que la planification puisse être ennuyeuse. C'est une personne sage qui investit son temps dans la recherche et la rédaction d'un bon plan d'affaires pour une nouvelle entreprise. Des choses comme les études de marché et la place de votre idée sur le marché sont des choses importantes à savoir. Au minimum, vous avez besoin de plans financiers, de marketing et d'affaires.

Évaluer les forces et les faiblesses

Évaluez vos forces et vos faiblesses. Ce n'est pas parce que vous êtes propriétaire d'une entreprise que vous n'avez pas à être bon en tout. Bien que vous soyez ultimement responsable de tout cela, le fait de comprendre vos forces et vos faiblesses vous permettra de savoir dès le départ où vous avez besoin d'aide.

Embaucher les bonnes personnes

Lorsque votre entreprise devient trop importante pour que vous puissiez la gérer seul, soyez prêt à embaucher les bonnes personnes pour accomplir les tâches pour lesquelles vous n'avez plus le temps ou qui comptent parmi vos forces les plus faibles. Vous pouvez impartir le travail selon vos besoins ou embaucher du personnel occasionnel, à temps partiel ou à temps plein. Pour réussir, il est essentiel d'avoir le bon soutien.

Mais, attention, évitez le piège d'embaucher des amis et de la famille s'ils n'ont pas les compétences nécessaires pour faire le travail. Embauchez des gens qui vous aideront à faire progresser votre entreprise.

Procurez-vous un bon logiciel de comptabilité

Suivez l'évolution de la comptabilité de votre entreprise grâce à un logiciel rapide et facile à apprendre comme Big Red Cloud. Il vous permet de suivre l'évolution de vos comptes où que vous soyez. Etablissez votre comptabilité financière, établissez vos factures et comptes finaux, ainsi que vos rapports de TVA et de gestion à la demande. Que ce soit au travail, à la maison ou sur la route, vous pouvez accéder à vos fichiers depuis Big Red Cloud.

Évitez de vous vendre à découvert

Trop souvent, dans les entreprises de services, les nouveaux entrepreneurs sous-estiment la valeur de leurs services. Parfois, il peut s'agir d'un échec dans la recherche sur le marché ou dans l'obtention d'un plus grand nombre d'affaires par la porte. En faisant cela, vous risquez de vous ruiner. Augmenter les prix n'est pas toujours facile. Bien sûr, tout le monde aime en avoir pour son argent. Mais, si les clients potentiels considèrent vos services comme trop bon marché, ils peuvent penser que vous n'êtes pas aussi bon que vos concurrents.

Tenez compte de ces conseils et lorsque vous démarrez votre propre entreprise pour la première fois et cela vous aidera à vous établir pour le long terme.

NOUS VOUS AVONS RESERVEZ JUSQU'A 10 PAGE POUR VOS PETIT NOTES CONSERNANT VOTRE PROJET D'INDEPENDANCE.

Bonne chance…

COMMENCER A NOTER VOTRE PROJET

COMMENCER A NOTER VOTRE PROJET

COMMENCER A NOTER VOTRE PROJET

COMMENCER A NOTER VOTRE PROJET

COMMENCER A NOTER VOTRE PROJET

COMMENCER A NOTER VOTRE PROJET

COMMENCER A NOTER VOTRE PROJET

COMMENCER A NOTER VOTRE PROJET

COMMENCER A NOTER VOTRE PROJET

COMMENCER A NOTER VOTRE PROJET

COMMENCER A NOTER VOTRE PROJET

Made in the USA
Monee, IL
28 February 2021

61569066R00070